José Ortega

La tumba

✳✳ LUGALBANDA

© José Ortega Ortega, 2012

© Lugalbanda, S.L. (Sociedad unipersonal), 2012

1ª edición

Diseño de portada: Beatriz Navarro

Maquetación: Beatriz Navarro

ISBN: 978-84-615-5829-2

Contacto: abogadodelmar@gmail.com

ADVERTENCIAS PREVIAS

Reconozco que he exagerado al contar algunas cosas. En realidad ni aquella vieja furgoneta era tan trasto, ni mi enemigo en la Universidad era tan gordo, ni los bandoleros eran exactamente como un armario andante y un bloque de granito bizco, respectivamente. Tampoco es rigurosamente cierto que las uñas de mi ex suegra fueran como puñales. Por otro lado, si he calificado de ancianos momificados a algunas personas en la tercera edad no fue con ánimo de ofender, y puede que también esto sea una exageración.

Pero os aseguro que no he exagerado en dos cosas: la mortal angustia que sufrí en el curso de la aventura que estáis a punto de descubrir y, en especial, el amor que una muchacha de ojos verdes despertó en mí y que sé que ya nunca se consumirá.

I
EL DESFILADERO DE LAS CABRAS

Voy a contaros una historia. Es una historia que tiene que ver con los ideales y creo que puede enseñar lo que sucede cuando uno decide seguir su propio camino.

Mi historia comienza en una mañana del mes de mayo, en un lugar de las montañas (un lugar que prefiero no revelaros), cuando me había ausentado de la Universidad para dirigirme a la coronación de un barranco vertical y liso como una espada, donde confiaba en hacer un gran descubrimiento. Tenía miedo, porque para hacer mi descubrimiento era condición imprescindible descolgarme con una cuerda pared abajo. Yo nunca había hecho eso y además la altura me daba alergia, pero no veía alternativa, ya que no tenía confianza en que el descubrimiento viniera a mí por su propia iniciativa. Estaba convencido de que un aventurero como es debido debía hacer esas cosas, y eso es lo que yo era o pretendía ser. En esta historia aprenderéis la diferencia que hay entre un soñador cualquiera y un auténtico aventurero como Dios manda, y también el miedo que hay que tragarse y el sufrimiento que hay que soportar para pasar de lo uno a lo otro.

No sé si alguna vez os habéis imaginado vuestra vida como una vida de aventuras. Cualquiera puede soñar e imaginar: basta con cerrar los ojos. Puedes incluso soñar e imaginar una vida singular mientras te pones ciego de dulces, tirado como un trapo en tu sillón favorito y rodeado de cojines. Pero no todos tienen la determinación de levantarse del sillón y salir a coger por el pescuezo, como quien dice, su propia aventura. Y, desde luego, no todos tienen la suerte de conseguir que esa aventura llegue a buen fin.

¿Quién soy yo? Soy Fernando, y en la época en la que transcurre mi historia acababa de terminar la carrera de Arqueología y era un buen pipiolo. Ya sabéis qué es la Arqueología: una ciencia que estudia los restos materiales de las civilizaciones antiguas. Muros, cacharros, pedruscos, deshechos. La basura de hoy es basura. La basura del pasado es un tesoro. Así son las cosas. Pero no me metí en este mundo por afición a recoger basura. Tenía entonces la idea de que de que todo arqueólogo es un explorador que se lo pasa en grande descubriendo templos, cuevas y tumbas. A mí no me gustaba estudiar. Mi padre quería que fuera médico y mi madre esperaba que me iniciara con mi tío materno en el mundo de la joyería. Se trata de profesiones de indiscutible utilidad, no lo dudo. Nunca he tenido nada en contra de la venta al por menor de pendientes, pero decidí convertirme en arqueólogo porque quería vivir entre aventuras y misterios aunque de esa manera solo pudiera manejar joyas de piedra, concha, hueso o, en el mejor de los casos, de bronce medio deshecho y cubierto de orín.

¿Y quién soy yo ahora, mientras os cuento mi historia? ¿Qué es lo que he conseguido como resultado de mi increíble aventura? No pienso decir ni pío: ése es el enigma que tenéis que descifrar leyendo con atención. Puede que esté tras el mostrador de la joyería de mi tío, engatusando con mucha labia a la mujer del dentista y otras sofisticadas clientas, o quizá enyesado en una cama de hospital, recuperándome de las palizas recibidas de mis enemigos. Mis feos enemigos, diría yo. O puede que haya conseguido abrir la puerta que quería abrir: la que conduce a una vida sin aliento ni rutina en la que ningún día es igual al otro. Solo lo sabréis si llegáis al final de mi historia.

El caso es que pensaba todas estas cosas mientras caminaba por la montaña en busca del borde del barranco. Desde allí se alcanzaba a ver el mar, lejano y dorado, con el sol sobresaliendo de él como la cosa más grandiosa del mundo. Me quedé embelesado en aquella contemplación pero solo lo justo, porque por fin acababa de llegar a aquel límite donde la seguridad de la tierra se acababa y empezaba el vacío. Me asomé con precaución... Sí, un vacío que cortaba la respiración. Observé que a mis pies volaban dos o tres golondrinas haciendo piruetas diría que con ostentación, como si se burlaran de las criaturas terrestres del tipo escarabajos, lagartijas y arqueólogos inexpertos. Al verlas ir aquí y allá rompiendo bruscamente el ritmo, me dio un ligero mareo. Cerré por un momento los ojos y me di cuenta, algo penosamente, de que había llegado la hora de la verdad, de que la pared era real, el suelo estaba lejísimos y de que si perdía pie no lo contaba. En resumen, que de pronto lo que más me apetecía era volver a mi sillón y a mis cojines.

Es más, había estado planeando aquella operación durante semanas y solo ahora caía en la cuenta de que nadie sabía que yo estaba allí. Ni Rosa, mi novia, ni mis compañeros de facultad, ni mucho menos mis alumnos. Si tenía un accidente, nadie vendría a ayudarme porque nadie sabría dónde buscarme. La cuerda podría fallar o yo mismo podía hacer alguna maniobra tonta. Bueno, no alguna:

muchas. Sujetar la cuerda de manera incorrecta, mirar abajo y llenarme los ojos de vacío... No sé.

¿Por qué estaba yo allí, oteando un barranco que cortaba la respiración en vez de estar oteando en el Facebook, como toda persona normal —diréis—? ¿Qué buscaba? Pues... dedicaba bastante tiempo a vagar por el monte buscando ruinas y especialmente cuevas que contuviesen pinturas rupestres, esos raros y frágiles tesoros del arte primitivo. Esperaba ser el primero en entrar en una cueva prehistórica y descubrir uno de esos tesoros. Confiaba en fijarme en las pinturas después de que otros hubieran pasado por allí sin verlas. Presuntuoso, lo sé, pero ésa era la suerte que yo buscaba.

Pues bien: un día, semanas atrás, estaba inspeccionando con prismáticos cada detalle de aquel barranco y me pareció ver algo. Algo como unas cuantas delgadas manchas en la roca, en unos abrigos superficiales. Eran pinturas, estaba seguro. Y pensé que aquellas pinturas eran por fin mi descubrimiento. Solo había un inconveniente: que yo no era ni Spiderman ni un trapecista suicida.

A pesar de eso decidí no sentirme intimidado por cincuenta metros de caída a pico y seguí adelante. Por supuesto... por supuesto, tendría que haber dejado el asunto en manos de los profesores expertos de mi Universidad, pero es que lo único que tenía era una sospecha, nada confirmado. Y además ninguna de aquellas adorables albondiguillas cincuentonas estaba en condiciones de descender en rápel (que es lo que había que hacer para llegar a los abrigos) y estoy seguro que de todos modos me habrían cedido el turno.

En fin. Allí estaba yo, pensando en todo esto y dejando pasar el tiempo porque no me decidía, o más bien porque estaba temblando de miedo. La cosa era perseverar en mi manía de descubridor o darme la vuelta para concentrarme en ser un buen muchacho, un ciudadano irreprochable y un indómito vendedor de pendientes, anillos, pulseras y demás joyitas. También podía publicar, como otros compañeros, unos cuantos artículos sobre cosas aburridas para mejorar mi curriculum: artículos resúmenes de otros artículos, trabajos hechos sin pisar un yacimiento y que no aportasen nada sino letras y papel.

Y creo que fue esta oscura perspectiva lo que me llevó a atar fuertemente uno de los extremos de la cuerda a un árbol, colocarme el braguero con escrupuloso cuidado, manipular apropiadamente los mosquetones y comenzar a descolgarme por el vacío. Era mi camino para huir de todas aquellas rutinas aburridas a las que tanto temía.

Sí, mi camino era el aire... Procurad entenderme: no sé qué edad tenéis vosotros, pero yo tenía poco más de veinte años y con mi cuerda creía estar escapando de las instrucciones de mis profesores, familiares, vecinos y compañeros, aparte de las directrices de mi portera, tendero, peluquero, cartero y quiosquero. Me sentía como una hormiga desnutrida tratando de remontar ese río de opiniones sobre lo correcto. El camino del héroe (perdón por la expresión, ya no vuelvo a usarla más) es peligroso y estrecho y por eso me parecía algo muuuy lógico lo que a la mayoría le habría parecido propio de necios: estar allí, agitando los pies sobre una absoluta y aterradora nada, bajo la cual no había más que más y más absolutas y aterradoras nadas hasta que por fin se extendía de nuevo la tierra firme (demasiado firme, según me pareció).

Pero conseguí dominar mis miedos. Simplemente con evitar una sola mirada al vacío, apretar fuertemente los dientes, olvidarme de todo pajarraco volante y convencerme de que en realidad estaba tirado en el sofá mirando una película rosa mientras me tragaba una bolsa de patatas fritas con pimentón, conseguí burlar el vértigo. Creo que, para darme ánimos, también pensé en Howard Carter. Ya os explicaré más tarde quién es, o era. Ahora tengo que contaros que mi arriesgada decisión valió la pena, porque las manchas en la roca que había creído ver con los prismáticos eran lo que yo había pensado: pinturas rupestres. Aquí un grupo de cabras, allá un ídolo esquemático, un poco más acá dos toros, un ciervo... No sé si os podéis imaginar cómo me sentí. Yo era, como tanto había deseado, el primero, el único... Por fin me había convertido en descubridor. Acababa de iniciarme en el camino de la Arqueología como aventura y, después de fotografiar y calcar con papel vegetal cada una de las pinturas, sentí algo que quizá iba mucho más allá de la felicidad. Sentí que la vida me daba la razón, que el camino solitario que había iniciado era el buen camino y que todo aquello era bonito. Recuerdo que me puse a balancearme alegremente, tan convencido como una araña colgando de su hilo de seda. Entonces, envalentonado, me atreví a mirar abajo por primera vez. Y allí, al fondo, junto al camino, distinguí un vehículo todo terreno. Habría jurado que antes no estaba, pero no podría asegurarlo, ni le presté más atención. Seguramente pertenecía a algún jubilado rural que buscaba setas, caracoles o espárragos. Ni siquiera me pareció relevante el sonido que había empezado a escuchar, un sonido rítmico y metálico, algo así como un martillo golpeando sobre un cincel.

Feliz y entusiasmado como me encontraba, decidí prolongar la exploración y curiosear en otros abrigos que había algo más abajo. Antes de descender dirigí un discurso triunfal a mi grabadora portátil, que me colgaba del cuello.

—Creo que los autores de estas pinturas debían vivir no lejos de aquí. De hecho, creo estar viendo sus caras asomándose desde el abrigo.

Entonces solté cuerda, di un salto y descendí. No lo vais a creer, pero cuando me descolgué sobre el primer abrigo vi un par de caras rústicas que, en efecto, se asomaban con curiosidad al exterior. Pero no eran dos nobles artistas rupestres de la prehistoria, sino un par de tipos mal encarados que, equipados con martillos y cinceles, estaban desprendiendo las pinturas rupestres de la pared. Eran furtivos. Sí, furtivos, toperos, depredadores, expoliadores... De todas esas maneras llamábamos a los que se dedicaban a frecuentar los yacimientos para llevarse objetos antiguos.

Uno de ellos, barbudo como un oso y corpulento como un armario, me sonrió ferozmente, dejando ver dos hileras de dientes cariados, desiguales y con varios huecos negros entre sí.

—¿Para quién trabajas? ¿Para los suizos? —me espetó.

Sin dejarme tiempo para contestar, el otro comentó:

—No, no... Debe ser la nueva adquisición de Murray.

¿Los suizos? ¿Murray? ¿Quiénes eran? Desde luego no eminentes autoridades en el campo del arte rupestre. Más bien todo lo contrario. Como para corroborar mi impresión, el primer furtivo, muy arrogante, vociferó:

—¿Sí? Pues ya puedes largarte... Y le dices a tu jefe que este barranco es nuestro.

—Y que no se meta en nuestros asuntos —completó el otro, muy convencido.

Me quedé pasmado mirando aquellas caras feroces. De hecho no sabía qué hacer. Entonces dejé escapar una tosecita y apunté tímidamente:

—Debe haber un error... Yo soy un científico.

El furtivo de la barba puso cara de haberle picado un tábano.

—¿Un científico? —repitió, y en sus labios sonó como si hubiera dicho monaguillo de misa de doce.

—Sí, un investigador —añadí.

Pude ver cómo toda diversión desaparecía de sus rostros, que se contrajeron en una mueca de brutalidad, y comprendí que para aquellos dos animales un científico era algo aún peor que un colaborador de Murray o de los suizos.

El segundo furtivo, rubicundo y macizo como un bloque de granito, miraba a algún sitio más allá de mi hombro derecho. Me giré, pero allí no había nada, solo un trozo de cielo atravesado por una nube. Volví a mirar a los intrusos y entonces el bloque de granito rubicundo, sin mediar palabra, golpeó mi cuerda contra la roca con el canto afilado de la pala. El muy bestia estaba tratando de cortarla, es decir, de convertirme en potaje desparramado por el pie del barranco. Durante un parpadeo me vi exactamente así, transformado en papilla. Durante otro parpadeo traté de suponer qué habría hecho Howard Carter en una situación como aquélla. En el tercer parpadeo, viendo que el bruto descerebrado se disponía a golpear de nuevo, abandoné toda actividad intelectual y solté del mosquetón una buena cantidad de soga, tratando de descender en un gran salto. Repetí la operación una y otra vez, descendiendo a toda prisa y brincando como un saltamontes enloquecido mientras aquel desalmado no dejaba de dar trastazos con la pala. La cuerda se rompió cuando me encontraba aún a unos cuatro o cinco metros del suelo. Suerte que los arbustos amortiguaron mi caída, pero aún así creí morir del tremendo golpe y permanecí allí tendido y en estado semiinconsciente hasta que, veinte minutos más tarde, los dos tipos aparecieron junto a mí y procedieron a cachearme como gendarmes turcos. Y con mucho método: primero me quitaron la cámara de fotos y la patearon. Después agarraron mi grabadora, encendieron un mechero y la calentaron hasta derretirla. Tampoco se olvidaron de mis gafas, que habían caído a unos metros: las pisotearon como a insectos desvalidos. Entonces se quedaron mirándome, puede que aguardando una protesta o un insulto de mi parte que les sirviera de excusa para hacer conmigo algo parecido. Bueno, no puede decirse exactamente que me mirasen. En realidad el rubio parecía enfocar algo a mi derecha. Una vez más me giré, pero allí no vi nada singular, excepto que aquel bandido sintiera debilidad por las flores de retama, las avispas o las moscas verdes. Y al volver de nuevo los ojos, vi que se enfurecía de nuevo. Al parecer, por algún extraño motivo se sentía ofendido cuando yo buscaba el foco de su mirada.

Curiosamente, no solo me parecieron unos matones peligrosos, sino también unos estúpidos. Pero como no podía expresar mis pensamientos en voz alta, me limité a señalar al papel vegetal con mis calcos, que, excepcionalmente, permanecía incólume.

—Se olvidan de eso —advertí, en un tono no tan neutro e indiferente como había pretendido.

Imagino que actué así porque era la única manera a mi alcance para llamarlos burros oligofrénicos sin ser vapuleado hasta la muerte. Creo que en aquella ocasión me pareció muy sutil e ingenioso, algo así como la expresión de la superioridad del universitario aseado sobre el furtivo sudoroso y con caries, pero con el tiempo he llegado a convencerme de que no supieron advertir la sutileza.

La bola de granito rubia se hizo con los pliegos de papel y los examinó. Solo después de un titánico esfuerzo mental comprendió que eran copias de las pinturas. Entonces los hizo trizas con sus manazas y los transformó en confeti que tuvo la amabilidad de rociar sobre mí.

—Lárgate de aquí, niñato —voceó, enfocando la mirada unos metros más allá de mí.

Confieso que debía haber obedecido el consejo. Era realmente un buen consejo, aunque en aquel momento no lo supe apreciar y me pareció un simple desafío. Tanto que no solo no obedecí, sino que me animé a llamarles la atención. Más o menos como si fuera un juez protegido de los delincuentes por un ejército de policías.

—Usted es un furtivo... —chillé— ¡Y lo voy a denunciar!

Tiernas y deliciosas palabras, plenas de sentido de la justicia, incluso fieles a la realidad, pero no para pronunciarlas precisamente en aquel momento.

—¿Furtivo...? —repitió el rubio macizo, fingiéndose indignado— Qué palabra más fea. Te la vas a tragar.

A una indicación suya, el armario móvil me sujetó por detrás, tiró hacia arriba de mí y me alzó del suelo como si fuera de papel. El otro, sin decir más, enfocó la vista a algo indeterminado sobre mi espalda y me propinó tal golpe en el estómago que creí que el puño iba a atravesar mi espalda y llegar a Santurce. Sentí que los jugos de mi sistema digestivo cambiaban de dirección y en un santiamén estaba vomitando como la fuente de la abundancia. Justo sobre los pantalones del bandido.

Me parece que mi poco aguante fue una decepción para él, porque se le veía con gana de entretenerse un rato más. Pero no solo no le duré ni un puñetazo, sino que además le dejé la ropa pringada de mis cereales integrales de la mañana.

Pero con el golpe había caído al suelo mi Isis. Sí, habéis leído bien: no mis llaves, ni mi bolígrafo, ni mi agenda, sino mi Isis. Se trata de una estatuilla de esta diosa egipcia que solía llevar siempre conmigo para que me diera suerte. Me acompañaba, por ejemplo, cuando iba a un examen. Y la había llevado también conmigo aquel día, que era un día especial en el que creía que iba a necesitar su ayuda.

—Eh ¿Qué es eso? —exclamó el rubio, con la mirada viciosa del ladrón de antigüedades.

El armario con patas se hizo con la figurita y se la entregó al otro, que sonrió —pero como sonreiría una vaca muerta— al comprobar que era de plástico.

—Menos mal —se burló, haciendo ostentación de sus caries—. Creí que traficabas con objetos de arte.

Sí, podéis creerlo. Era una ironía. Tosca, pero evidente. Al parecer aquella cabezota daba para tanto.

Le quité la Isis de un manotazo y me respondió de inmediato con un sopapo demoledor que me dejó la mejilla amoratada hasta el fin de semana siguiente. Creo que debía llevar oculto en alguna parte un yunque de hierro, porque tuve la sensación de que era eso lo que me había golpeado, y me convencí de que me había roto la cara en mil pedazos.

—¡Y ríete, coño! —vociferó jocosamente, al tiempo que se sujetaba la mano dolorida.

Después de estos ejercicios gimnásticos los dos se dieron la vuelta, muy contentos, introdujeron en el todoterreno los objetos de su expolio, arrancaron levantando una nube de polvo y desaparecieron.

Y entonces, de pronto, entendí por qué el furtivo rubio miraba siempre al aire o a las avispas: era bizco. Por eso se enfadaba cuando yo miraba atrás, buscando lo que él miraba, o parecía mirar: creía que me estaba burlando de su estrabismo. Traté de reír, pero tuve que contenerme porque al hacerlo notaba una cuchillada en el costado, un martillazo en el pecho y una quemadura en la garganta. Y me quedé allí, tumbado y molido, mientras escuchaba desvanecerse lentamente el rumor del vehículo de mis torturadores.

Al mismo tiempo que el polvo se aposentaba lentamente sobre mí y me volvía entero de color blancuzco, así también se disiparon mis sentimientos de entusiasmo, y desde luego mi prematuro convencimiento de que el camino que había elegido era el buen camino. Estreché en mi mano la estatuilla de Isis, pero os puedo dar plenas garantías de que esto no disminuyó el dolor. Quizá porque la había conseguido como obsequio por la compra de unos fascículos sobre el antiguo Egipto. O quizá porque Isis carece de influencia contra las palizas.

Este fue mi inicio en la vida de aventuras. Había creído que superar el miedo al vacío podría ser mérito suficiente para transformarme en descubridor, que una aventura es algo puramente lineal, donde tú vas de A a B atravesando por el camino algunas dificultades de pacotilla, como hacer rápel. Y no tenía ni idea. Aunque había dado el primer paso, aún estaba más cerca del iluso que flota en su sillón con las alas de la fantasía que de un auténtico hombre de acción como Howard Carter.

Ah, sí... Howard Carter. Pues veréis... Fue el arqueólogo que allá por 1920 descubrió la tumba de Tutankamon. Durante todas las épocas, legiones de colegas de aquellos dos que me habían pateado, pero vestidos con chilaba, habían violado sistemáticamente las tumbas de Egipto sin dejar para los arqueólogos ni las momias. Pero Howard Carter tuvo la inmensa suerte de descubrir una tumba que había pasado desapercibida a los ladrones, una tumba repleta de tesoros. Él solo tuvo que quitar el sello y entrar.

Yo había querido ser como Howard Carter, un aventurero con recompensa, aunque fuera en pequeño. Quería que aquellos ciervos, cabras, caballos y burros fueran mi tumba de Tutankamon. Pero en lugar de eso, me encontraba bajo una papilla formada por tierra, vómitos y sangre, sin entender qué había pasado y menos aún el por qué. Más o menos como un niño al que alguien le acaba de explotar su globito.

oooOooo

II
LA UNIVERSIDAD

El campus estaba lleno de estudiantes que a aquella hora salían de clase, y entre ellos renqueaba la especie de jorobado de Notre Dame venido a menos que en aquel momento era yo.

Venía directamente de la paliza y os puede parecer un chiste malo, pero esa misma mañana tenía una reunión importante a la que no podía faltar. Mis planes habían sido otros, naturalmente: esperaba reventar la reunión con una aparición triunfal y el anuncio de mi descubrimiento. Aunque nunca había sido un estudiante aplicado, había tenido la suerte de conseguir una beca y durante todo un curso escolar había sido profesor. Pero aspiraba a serlo para siempre y por eso había presentado solicitud para un concurso de méritos que debía adjudicar una vacante. Figuraos: Profesor de Arqueología. Todo el tiempo para investigar y descubrir. Y encima te pagan.

En el concurso de méritos hay que presentar méritos pero en realidad yo no tenía ninguno, ni siquiera un expediente académico florido. Por eso me había jugado la vida haciendo rápel. Era un recurso desesperado (e ingenuo). Confiaba en un golpe de efecto de última hora, creía que el descubrimiento de una nueva estación de pinturas rupestres podría ser considerado por el tribunal un mérito superior al de todos los trabajos de despacho imaginables, pero nunca podría ya llegar a saber si estaba en lo cierto, porque los bandoleros me lo habían quitado todo.

Juro que me había aseado, aunque apresuradamente, antes de tocar a la puerta de D. Juan Roca, el catedrático de Arqueología. Pero parece que no me había empleado a fondo.

—¿Se puede? —pregunté tímidamente, mientras entreabría la puerta.

El catedrático, cincuenta años, pelo gris aunque firme y abundante y cara risueña, fumaba un puro, pero no parecía ni relajado ni a gusto. Al contrario, saltaba en su sillón.

—Llega tarde —bramó.

Entré, sin saber cómo empezar con mi larga historia. Él no sabía una palabra de mis cabras, debía comenzar desde el principio.

—Es que... —balbuceé.

Por un momento D. Juan Roca dejó de prestar atención a su puro y me miró.

—¿De dónde viene usted? —me interrumpió. Y, fijándose ostensiblemente en mi aspecto, añadió:— ¿Ha sufrido algún accidente?

—Pues verá... —comencé, con bastantes titubeos.

Pero él volvió a interrumpirme.

—¡Huele usted muy fuerte!¡A agrio! —protestó, haciendo una mueca de disgusto.

Ante esto di instintivamente dos pasos atrás.

—Creí que me había limpiado bien... —titubeé, avergonzado— Es que he vomitado. Verá...

—Esas manchas —dijo él, señalando los lamparones en mi ropa— ¿Son de sangre?

Yo mismo las miré. Mi camisa parecía de lunares rojos.

—Pues... sí —admití débilmente.

—¿Y por qué se presenta de esa forma en mi despacho? —rugió— ¿Tiene usted una explicación?

—Sí señor. Tiene que ver con una estación de pinturas rupestres —respondí, en la esperanza de que mi relato le pareciera lo bastante interesante para olvidar el polvo, la peste a yogur caducado y los lamparones.

—Aguarde... ¿Viene usted a verme rebozado en tierra, manchado de sangre y apestando a vómitos y pretende que todo eso tiene que ver con la noble ciencia de la Arqueología? —clamó el profesor Roca, echando al traste con mis esperanzas.

Casi no me atrevía a responder.

—Así es —murmuré, escondiendo la cabeza entre los hombros, como si temiera recibir un postrer manotazo del furtivo bizco.

Yo siempre le había caído simpático al Profesor Roca. Creo que debía recordarle algo de su juventud. Algo que él hizo o más bien algo que creyó que debía haber hecho. Y en realidad, si me encontraba aún compitiendo por la plaza de profesor era debido a aquella simpatía. Por algún extraño motivo —que quizás hubiera aconsejado la intervención de un médico— él parecía confiar en llegar a sacar algo bueno de mí.

Iba a comenzar por fin mi explicación cuando se abrió la puerta y entró, con una taza de café en la mano, el becario Palazón, obeso, redondo y reluciente, como si le hubieran sacado brillo. Mi competidor en el concurso de méritos y el más grande pelota de la historia de la Universidad.

—Su café, señor —anunció triunfalmente.

El catedrático miró con complacencia la taza humeante.

—Ah, Palazón —dijo, desplegando lo que parecía su primera sonrisa de aquel día.

—Le he puesto dos terrones —añadió Palazón, meloso.

—Gracias —respondió el profesor.

—Para servirle, señor —completó el pelota, en su acostumbrada forma recargada.

Palazón entregó servilmente la taza y se sentó. Yo iba a hacer lo mismo, pero D. Juan Roca me detuvo.

—Si no le importa, puede acercarse ese taburete, Fernando —y añadió, como para disculparse:— El tapizado de esos sillones es nuevo ¿sabe?

Me acerqué el taburete sin decir palabra y contento de que, dadas las circunstancias, me permitiesen permanecer en la habitación.

Palazón, sentado muy modoso con su carpeta sobre los muslos orondos, se puso de pronto a olfatear. Sus mofletes se contrajeron en un gesto de asco.

—¿No huele a agrio? —preguntó dirigiéndose al profesor, como si los dos estuvieran solos en el despacho— ¿El café está bien?

—No se trata precisamente del café —respondió D. Juan Roca—. Por lo visto su compañero ha estado vomitando antes de venir aquí.

—¿Sí? —dijo Palazón, retirando la butaca. Y no desaprovechó la ocasión de ironizar:— Otros se duchan y se ponen colonia para la ocasión. Es cuestión de aficiones.

D. Juan Roca lo miró con severidad. No consentía que otros utilizasen conmigo los mismos sarcasmos que a él tanto le gustaba emplear.

—Bueno, ya basta —interrumpió secamente—. A ver... ¿Han traído sus trabajos?

Había hablado dirigiéndome una mirada inquisitiva. Él ya sabía el rollo que le traía Palazón. Lo que quería saber era qué tenía yo, si es que tenía algo.

—No he escrito aún... —empecé, con un tonillo pesaroso.

La expresión de D. Juan Roca se endureció. Pero no como la del verdugo al que se le ha estropeado la guillotina, si me entendéis, sino como la de un padre enfadado.

—¿Puedo preguntar por qué? —dijo, bastante tieso— ¿Es que no le importa el concurso de méritos?

Yo no sabía como explicarme. En realidad la mía era una historia larga, complicada e increíble. Necesitaba tiempo para contarla pero debía tener en cuenta que el único fruto perceptible de mi trabajo era mi olor a cereales sin digerir.

El catedrático depositó el puro en el cenicero y apartó la taza de café en señal de que se acababan los jueguecitos verbales y comenzaba la reunión.

—Bien, caballeros. Ha llegado el momento de decidir quién de los dos será profesor auxiliar de esta Universidad. El agraciado se transformará en un verdadero arqueólogo. El otro tendrá que buscarse la vida en la calle. Creo que son ustedes conscientes de la importancia del asunto. A ver, señor Palazón…

Palazón sonrió con seguridad y se apresuró a depositar sobre la mesa una carpeta con etiquetas muy repulidas y algo cursis.

—Aquí tiene —dijo, solícito, poniendo cara de buen chico que ha hecho los deberes, como así era.

El catedrático hojeó la carpeta con interés profesional.

—Vaya..., veo que tiene usted ya diez publicaciones. No ha perdido el tiempo. A ver...: "Estudio de los materiales de superficie de la edad del hierro de la provincia de Albacete"... Impresionante... ¿cuantas piezas en total, Sr. Palazón?

El gordito no parpadeó. Era una repulsiva máquina estadística, aunque su inteligencia no alcanzaba a percibir que el profesor se burlaba de él.

—Doce mil setecientas cuarenta y ocho... Exactamente —respondió, con precisión estúpidamente electrónica.

El catedrático aparentó complacencia.

—¿Las ha medido, dibujado y descrito todas individualmente? —preguntó, con una entonación falsamente entusiasta.

—Claro, señor... Con paciencia y un pie de rey, ya sabe...

—Sí, ya sé. Un trabajo meritorio... —admitió el profesor, algo teatralmente, y continuó leyendo— "Estudio estadístico de las puntas de flecha neolíticas"... "Colores de las raederas de sílex del yacimiento de Las Pijotillas"... ¿Qué color predomina, Sr. Palazón?

—El rojo grisáceo —respondió sin el menor sentido del ridículo la bola de sebo andante.

D. Juan Roca se le quedó mirando con ojos que relucían de diversión, pero Palazón seguía sin darse cuenta. Su mente estaba hecha para la letra impresa, no para la vida.

—Oh..., eso es muy interesante —comentó el profesor, con una sonrisa equívoca pintada en sus labios.

—Gracias señor —respondió humildemente Palazón.

Entonces D. Juan Roca se volvió hacia mí en una forma que debería calificar de felina.

—¿Y usted, Fernando? —preguntó secamente.

Era el momento de sacar por fin el tema de mis cabras, pero ya no tenía tanta fe en él, así que, en lugar de formular interminables excusas con tono lastimoso, elegí una respuesta precisa y definitiva.

—No, no tengo trabajos terminados.

Entonces Palazón pareció darse cuenta por primera vez de que yo estaba allí, pero no precisamente para echarme una mano.

—Háblale de tu famosa tesis doctoral —me sugirió jocosamente.

Antes de que yo pudiera abrir la boca, D. Juan Roca intervino de nuevo. Mi proyecto de tesis le daba alergia y Palazón lo sabía.

—Otra vez con eso... ¿De verdad cree usted que las leyendas pueden ayudar a encontrar yacimientos arqueológicos?

Me sentí como el último defensor de Numancia, asediado por las fuerzas de la burocracia, la rigidez y la falta de imaginación, todas ellas uniformadas de riguroso gris. Yo había ido a la Universidad para estudiar Arqueología porque quería que la ciencia fuera mi aventura personal, y me encontraba allí, atrapado entre la especie de calculadora babosa y redicha que era Palazón y un profesor que tenía tendencia a morder el puro hasta deshacerlo cuando oía hablar de mi proyecto de tesis.

Los dos estaban mirándome con ojos como tizones, aguardando una respuesta. Y ya que me invitaban, hablé, pero como el reo que debe convencer de su inocencia a un jurado escéptico.

—Pues sí... Y creo que aún quedan muchos grandes yacimientos por descubrir —declaré con solemnidad.

Palazón no pudo resistirse. Estaba deseando hacer daño.

—¿Lo harás tú, querido? —bromeó.

—¡Cállese, Palazón! —intervino el profesor y, de nuevo dirigiéndose a mí, preguntó:— ¿Incluso la supuesta tumba de un personaje supuesto, como Gerion?

Suspiré al comprobar que ese día a D. Juan Roca le apetecía no dejar títere con cabeza. Se veía que el pestazo había despertado su instinto homicida.

—Sí, señor.

El catedrático se levantó y se puso a deambular por el amplio despacho.

—Pero vamos a ver ¿Es que no se da usted cuenta de que Gerion es un personaje del mito? —bramó, entre aspavientos nerviosos.

Lo miré y me di cuenta de que me estaba suplicando. Suplicando que mostrara un esfuerzo por la cordura, que hiciera concesiones a la ortodoxia académica, para que él pudiera seguir considerándome un candidato con posibilidades o al menos para evitar que perdiera definitivamente el contacto con la realidad. Pero yo simplemente estaba convencido de lo que pensaba y no encontraba la forma de hacerlo compatible con las espantosas rutinas de la Universidad.

—¿Cómo podemos saberlo? —proclamé— Apolodoro cuenta que Hércules fue a la isla roja de Eritia para robar al rey Gerion sus toros rojos, pero eso no quiere decir que Gerion y Hércules no fueran gente que vivió realmente. La isla de Eritia estaba al extremo occidental del mar, delante de las Columnas de Hércules, es decir, en España o el norte de Africa ¿Por qué no buscarla?

—Eres un poeta —se burló Palazón.

El profesor le dirigió una mirada furibunda y después se volvió de nuevo a mí. Miré sus ojos y me di cuenta de que se sentía impotente. Para él no había diferencia entre quien desafía los criterios científicos y los pacientes de las instituciones psiquiátricas.

—¿De verdad pretende usted presentarse ante un tribunal universitario aportando como mérito su opinión de que Hércules fue un personaje histórico? —preguntó, exactamente como preguntaría un juez al acusado si se confiesa autor del crimen.

Creo que debía haberme callado, eludido la pregunta o propiciado una ligera marcha atrás. Pero, a mi pesar, ya estaba lanzado.

—En realidad solo intento valerme de los mitos para localizar yacimientos arqueológicos —declaré, y creo que se me fue la mano con la prosopopeya—. Así es como se descubrió...

—¿... Troya? —interrumpió Palazón, y añadió, entre risitas:— Ya lo sabemos. Lo repites tres veces por semana. Parece que te lo haya recetado el médico.

D. Juan Roca dirigió a Palazón una nueva mirada desaprobatoria y a continuación la fijó sobre mí para hacer una enunciación en voz alta de todos mis terrores.

—Escuche, Fernando: si usted no se aplica nunca podrá descubrir ninguna tumba, porque tendrá que trabajar como agente de seguros o como pinche de cocina o en la joyería de su tío, profesiones todas muy dignas pero que no creo que le gusten ¿Entiende?

—Claro —respondí, mientras trataba de formar en mi imaginación la imagen de mí mismo colocándole una pulsera a una sesentona repintada acurrucada al fondo de su abrigo de nutria.

D. Juan Roca volvió a su sillón, tomó aire y añadió:

—En fin, tengo una sorpresa para los dos. He conseguido que una auténtica personalidad esté en su tribunal. Nada menos que el profesor Higgins.

Al oír ese nombre, de alguna manera que no he logrado entender, di un salto en el taburete.

—Pero creí que estaba... —empecé a decir.

—¿En la famosa misión a Gizeh? —me interrumpió el profesor— Adivino que ese tipo de empresa le complacería mucho ¿verdad?

Asentí en silencio pero austeramente, porque sabía que D. Juan Roca esta vez se estaba burlando de mí.

—La misión está a punto de comenzar, pero he conseguido que Higgins se interese por este tribunal. La verdad, me sorprendió que aceptase. Así que, Fernando, haga el favor de no dejarme en ridículo.

Por lo visto se me debió escapar una mirada de desamparo. Quizá puse inadvertidamente cara de agente de seguros o de vendedor de pendientes. Como adivinando mis pensamientos, D. Juan Roca me dijo:

—No me mire así. Haga algo. Justifique usted la existencia del tribunal. En resumen: evite que el eminente profesor Higgins se sienta como un estúpido al tener que decidir en una convocatoria en la que realmente no hay competencia ¿Me ha comprendido?

No recuerdo si llegué o no a contestar a esta pregunta, porque estaba totalmente abstraído ante la brusca sospecha de que el viejo profesor estaba asustado. Asustado por la hipótesis nada halagüeña de que yo perdiera el concurso de méritos y él tuviera que bregar hasta jubilarse con un ratón de biblioteca como Palazón.

—El sábado se reúne el tribunal. Tienen una semana para poner sus historiales a punto. Es todo señores.

El gordito Palazón, que no se había atrevido a meter baza desde la última mirada furibunda del profesor, sintió la necesidad de demostrar que él también estaba allí, y lo hizo con su estilo más personal.

—¿Quiere otro café señor?

—¡No!

La respuesta del profesor fue como un rugido.

ooOoo

En aquella época yo tenía una novia. Se llamaba Rosa y estudiaba óptica. La había conocido cuando acudí a adaptarme unas lentillas al establecimiento de su madre. Ella, que ya entonces hacía prácticas, quería ser como su progenitora porque la profesión estaba bien considerada socialmente y era una agradable fuente de dinero. El dinero, ya sabéis de lo que estoy hablando ¿no? Sirve para comprar cosas, pero para muchas personas es un fin en sí mismo. Una vez que han conseguido todo el dinero que necesitan para comprar cosas, continúan empeñados en conseguir aún más y con él compran personas, fidelidad y la buena opinión de sus congéneres, que unas veces se expresa como prestigio y otras como envidia. Parece que esto es algo que reporta algún tipo de placer pero, como podéis imaginar, yo no estaba en disposición de averiguarlo. Quizá, sin ánimo de ofender, el caso sea comparable al de los perritos domésticos, que piden incansablemente más y más comida aunque estén llenos, porque temen que mañana sus dueños ya no los alimenten. El caso es que este tipo de personas valoran mucho más la posesión de dinero que un buen libro, un buen disco o una buena amistad.

Los padres de Rosa pertenecían a ese tipo de gente. Su mamá era una señora razonablemente bella pero sobre todo elegante, de uñas largas y bien cuidadas, labios pintados de carmín y pestañas rizadas en gabinetes de belleza. Su padre era óptico consorte, un tipo estrafalario que nada más conocer a alguien, le contaba el gran mérito de su vida: haber conseguido dejar de fumar mediante hipnosis. La hazaña había corrido a cargo de un ATS autocalificado de naturópata, que se atribuía el mérito de haber estudiado medicina china en el Tíbet y que, además de hacer dejar el tabaco a mi suegro en potencia, en la misma sesión de hipnosis creo que debió también convencerle de que no despegara los labios en presencia de su cónyuge, nunca le llevara la contraria y respondiera a todas sus observaciones con un atildado y convincente "sí, mi cielo".

Rosa estaba destinada a ser como su madre, y todo iba bien hasta que me conoció. Yo acudía con frecuencia a la óptica para quejarme de una mala adaptación de mis lentillas, lo cual era rigurosamente falso. Su madre comenzó a sospecharlo al darse cuenta de que solo aparecía cuando estaba Rosa, pero ya era demasiado tarde porque para ese momento, y aunque suene algo cursi, yo ya había entrado en el corazón de su hija.

Esto fue un disgusto para sus padres, especialmente para su ostentosa mamá, para quien habría sido mejor que yo entrara, en vez de en el corazón de Rosa, en la legión extranjera, en un templo budista o en una ONG con destino en Tanzania. Llegó a esta conclusión al comprobar los estragos que había comenzado a causar en la mimosa y cara educación de su única hija, su muñeca, su bebé. Sí, tanta energía perdida, y lo que es casi más importante, tanto dinero gastado en una educación sobresaliente, para que apareciera de pronto un don nadie que lo echara todo a perder. Pero la cosa resulta mucho más chocante si os cuento que ella antes tenía otro novio. Un universitario formal, un hombre de bien, un ciudadano cumplidor. Alguien que nunca decía una palabra más alta que la otra, que jamás y bajo ninguna circunstancia había osado contradecir a la vieja bruja. Alguien perfectamente capacitado para ser un buen marido, un padre responsable y, especialmente, un yerno solícito y atento. Alguien que leía libros, pero todos ellos contaban con la aprobación de la gran inquisidora. Alguien que se había ganado a Rosa trabajando previamente la confianza de su mamá con las técnicas más refinadas del peloteo y la adulación. En resumen: que su novio anterior era nada menos que el sin par becario Palazón, mi contrincante en el concurso de méritos. Mi rencoroso contrincante, debería decir.

Os aseguro que no me serví de ninguna intriga dirigida a quitarle la novia. Yo ya lo conocía a él, pero no sabía que salía con Rosa. Además, lo creeréis o no pero lo único que yo hice fue cuidar de mis ojos. Quizá en exceso, pero eso no por mi culpa: era primavera, ella usaba escotes acogedores y cuando se inclinaba hacia mí para colocarme una nueva lente, siempre me decía que mirase para abajo. Si de algo tuve culpa, fue de parpadear innecesariamente para dificultarle la labor y prolongar el momento, procurando que me repitiera una vez más aquella agradable frase, mira para abajo. Algo indebido, sí, pero en mi descargo debo decir que tenía solo diecisiete años y que lo que veía al mirar para abajo (¡y tan cerca!) me atraía bastante más que la mayoría de las otras cosas interesantes de la vida, como la metamorfosis de Ovidio, las guerras médicas o las biografías de Plutarco.

La adaptación de mis lentillas terminó abruptamente cuando la titular del negocio se dio cuenta de lo que pasaba. Desde entonces decidió relevar a su hija y cuando se acercaba a mí, dirigiendo hacia mi ojo una lentilla sujeta entre aquellas uñas como puñales, por una extraña pero constante asociación de ideas, siempre acababa pensando en tuertos eminentes como la dama de Éboli o el general Mosé Dayan.

Así que, para evitar males mayores, me di por definitivamente adaptado y dejé de visitar la óptica, pero después me encontré con Rosa por la calle dos o tres veces. No sé si ella forzó aquellos encuentros o si fueron auténticamente casuales, pero el caso es que yo seguí (con su visto bueno) mirando hacia abajo y cada vez más cerca, y en toda aquella temporada Rosa se fue transformando en una chica bastante menos pava. Justo es reconocer que también ella me cambió a mí. Por así decir, me introdujo en los valores de la civilización y la moderación. Pero cada uno éramos como éramos y ninguno de nosotros cambió en lo esencial, lo que significa que al cabo de cuatro años, ella seguía siendo una niña medio pija orientada a ganar mucho dinero y a conseguir cosas convencionales, y yo un pirado que vive de fantasías y sin la menor idea de qué significa ni para qué sirve la posición social.

Aquel día, después de mi entrevista con su ex novio y el catedrático, Rosa curó mis heridas (me refiero a las del cuerpo). Yo estaba sentado sobre mi cama, mientras ella se inclinaba sobre mí para lavar y desinfectar cortes y magulladuras. Lo mismo que al principio, en la óptica de su mamá, pensé. Amorosamente, pensé también. Pero pronto iba a comprobar que estaba equivocado.

De ella no salían sino reproches, y yo ensayaba por enésima vez una explicación.

—Era una estación nueva de pinturas rupestres ¿Qué iba a hacer?

Pero ella no me contestó. O mejor, lo hizo con otra pregunta. Una pregunta para la que no estaba preparado y que no tenía nada que ver con mis heridas.

—Fernando ¿te planteas el futuro realmente?

La miré, y en alguna parte de su expresión alcancé a ver algo que no era suyo, algo que no era ella. Por un momento la vi llena de arrugas tapadas con crema hidratante. Es decir, vi a su madre.

—¿Qué quieres decir? —pregunté.

La heredera del imperio óptico contestó:

—Me gustaría saber si tienes algún plan ¿Cómo quieres que sea tu vida, por ejemplo?

Puede que fuera por los traumatismos y los sustos, pero no entendí la pregunta.

—¿Larga...? ¿Divertida...? —aventuré.

Se le escapó un gesto de impaciencia.

—¿Qué opinas de la plaza de profesor? —preguntó— ¿La quieres o no?

Seguía sin entender. Se me escapaba por qué Rosa me preguntaba una cosa tan evidente, como no fuera que estuviera dando rodeos para llegar a otro sitio.

—Claro —respondí.

—Pues no lo parece —declaró ella severamente, como una maestra enfadada—. En la Universidad tu actitud se está convirtiendo en un espectáculo. Todo el mundo pensaba que la plaza iba a ser para ti.

—No sabía que tenía tanto público —murmuré, cabizbajo.

—Todo el mundo se siente decepcionado —insistió Rosa.

—Oh, vamos ¿Quién se siente decepcionado? —protesté.

—Los alumnos querían tenerte como profesor, el catedrático te quería como discípulo...

La miré o, mejor, miré a su madre. Largas uñas duras como piedra afilada, ojos llenos de rencor, toda la atención puesta en el dinero. La pregunta parecía evidente.

—¿Y tú? —me atreví a murmurar.

Ella se dio la vuelta y guardó silencio durante un momento. Después, mientras miraba la puerta de la calle, la oí decir:

—Tengo que dejarte.

De pronto todas las heridas que me causaron los bandidos dejaron de doler. Fue como si no tuviera cuerpo, o como si la tristeza lo hiciera insensible a las pequeñeces. Yo creía que iba a pasar el resto de mi vida con Rosa y...

Era como si el mundo se hubiera puesto de acuerdo para arruinar mi vida. Dos sádicos me habían apaleado y habían machacado de paso mis opciones de conseguir la plaza de profesor; acababa de hacer el ridículo con el profesor que se había propuesto ayudarme... Y ahora esto.

—¿Dejarme? —repetí maquinalmente, en la esperanza de estar viviendo una pesadilla.

Ella no se volvió.

—No me hagas repetirlo —se limitó a añadir, con la voz quebrada, pero sin equívocos.

Me levanté y busqué su rostro con la mirada, pero ella se esforzaba por mantenerlo oculto y evitaba mirarme, como si estuviera avergonzada.

—¿Vas a dejarme colgado ahora? —murmuré— Ahora que...

—¿Qué? —me interrumpió, y entonces clavó sus ojos en mí y llegué a creer que su madre se había marchado de nuevo a graduar la vista y Rosa había vuelto.

Sabía qué era lo que ella quería oír. Era lo mismo que yo quería decir.

—...Que te necesito.

Pero su reacción no fue la que yo esperaba. Ella se había ido, se había marchado definitivamente. Ya no estaba allí.

—Tú no necesitas a nadie, Fernando ¿Es que no te ves? No vives más que para tus sueños —chilló, y lo expresó de tal manera como si tener sueños fuera un delito perseguible de oficio y la policía te pudiera detener por ello.

Permanecí en silencio. Y pensé que a lo mejor no había sabido verlo: habían estado pasando cosas a mi alrededor y yo había estado ciego.

—Mis sueños te gustaban —musité, en un tono casi inaudible, la voz derrotada y el cuerpo inmóvil, como una marioneta muerta.

Ella me dio una respuesta dura como una piedra.

—Me gustaban en la edad de los sueños.

La miré, y me di cuenta de en qué se había convertido. Era la respuesta de una persona de cincuenta años, sin fantasías, sin ilusiones, sin esperanzas. La respuesta de un ama de casa agotada y decepcionada. La respuesta de un funcionario público aburrido a quien lo único que le hace brillar los ojos son los nuevos trienios.

Un sentimiento de fría fatalidad se apoderó de mí cuando me hice a la idea de que todo estaba perdido, de que ella ya no era mi chica. Algo en su mirada de acero me convenció de que nunca, nunca la podría recuperar, y eso me condujo a una especie de gélida tranquilidad.

—¿Y cuál es esa edad? —pregunté.

Pero ella no contestó, aunque lo que me dijo era realmente una respuesta.

—La vida está hecha de cosas materiales ¿sabes?

De pronto, al comprobar su determinación, supe que no estaba improvisando, que llevaba días preparando este momento. Y vi cosas que antes habían permanecido invisibles, el menú que se había estado cocinando a mis espaldas.

—¿Vas a volver con él? —pregunté, sacando conclusiones.

—Ya no te importa lo que haga —respondió ella.

—Decías que era un aburrido —sollocé—. Decías...

—Déjalo.

Me puse en pie y de pronto todas mis heridas parecieron abrirse y escocer como si hubieran arrojado encima un chorro de limonada con sal.

—Rosa...

Ella se apartó y se aproximó a la puerta, como buscando refugio. Su despedida fue una frase difícil de olvidar, un resumen patéticamente eficaz de las enseñanzas de su madre.

—Déjalo, Fernando. No quiero junto a mí a un perdedor, eso es todo.

Ella salió de la habitación y un momento más tarde escuché cerrarse la puerta de la calle. Durante mucho tiempo evoqué con tristeza aquel sonido seco y contundente con el que ella había puesto fin a nuestra relación.

Me dolió, sí. Debo deciros que al principio solo me vinieron a la mente los buenos momentos que había pasado junto a ella. Olvidadlo: no os puedo dar esperanzas, porque desde aquel día nunca más he vuelto a hablar con Rosa.

Es curiosa la forma en la que las certezas huyen de tu vida para transformarla en algo amorfo y lleno de sucios agujeros, como un trapo de cocina usado. Justo así es como me sentía.

En el frigorífico había cerveza. Abrí una lata y la bebí casi de un trago. Después abrí otra y me la llevé a un sillón, donde me puse a considerar la situación. O a intentarlo. Pero como no conseguí nada, y mucho menos idear una solución, me bebí una tercera. Después de esto me encontré mucho mejor y comencé a hablar solo. O más bien con las cosas que me rodeaban, como la lámpara, la mesa y las latas de cerveza vacías, que parecían un tribunal escuchando mis declaraciones antes de enjuiciarme. Entre ellas, mi Isis parecía la presidenta de todos mis interlocutores silenciosos. No recuerdo ya nada de lo que dije, pero sí que el sentimiento de fracaso se había disimulado ligeramente, así que, de camino a la Facultad, decidí adoptar una medida nueva en mi vida y absolutamente seria: entré en un supermercado y compré una botella de whisky. Ni siquiera sabía qué sabor tenía, pero estaba rabioso y necesitaba un analgésico.

Fue en este estado tan constructivo como me presenté en el taller de cerámica, donde debía completar la restauración de una vasija de época ibérica y terminar de copiar sus ilustraciones.

El taller era un sótano mal iluminado que olía a humedad y estaba abarrotado de piezas de barro cocido y huesos polvorientos. En su lugar de trabajo, orondo y diría que perfecto, se encontraba Palazón, ocupado con una urna funeraria. Con su media sonrisa en los labios, parecía un Buda haciendo manualidades.

Entré y me senté sin saludar. Como tenía por costumbre, saqué mi Isis y la deposité con cuidado delante de mí. Después eché un vistazo negligente a mi dibujo extendido sobre la mesa, una copia de los nueve motivos vegetales que aparecían en la vasija.

Palazón me pasó el pegamento de forma mecánica, como si no pasara nada, como si no hubiera estado intrigando a mi espalda, como si no fuera el gordo lustroso que iba a llevarse todos los triunfos pisoteando mis costillas.

No lo tomé, sino que permanecí ensimismado, mirando con ojos vacíos mi pieza de cerámica.

—¿Te pasa algo? —me preguntó él, pretendiendo ser un inocente transeúnte que pasaba por allí, con el alma blanca, sin cuentas que saldar ni explicaciones que dar.

En vez de contestar, saqué del bolsillo la botella de whisky y llené un vaso hasta arriba. Entonces eché un trago como Dios manda de esa cosa, pero no le encontré sabor, aunque desde luego percibí una especie de bola incandescente bajando directo hacia mis tripas y creí que iba a morir calcinado. Creo que se me escapó un bufido. Palazón, que me miraba con ojos como platos, se dio cuenta por primera vez de que estaba borracho.

—Fernando... —murmuró, dejando a un lado el pegamento.

—Enhorabuena —me limité a decir.

—¿Por qué? —preguntó, fingiendo ignorancia.

—Ya lo sabes.

Efectivamente, lo sabía. Entonces, por fin, dejó de fingir.

—¿Es porque te he quitado a Rosa? ¿O porque me voy a quedar con la plaza? —preguntó, todo cínico.

Me quedé mirando su rostro satisfecho y percibí en él un aire de triunfo. Buda victorioso, con enorme sonrisa porcina dibujada en su cara rebosante de mofletes.

—¿Por qué me haces esto? — pregunté.

Un par de ojeadas habían bastado para que Palazón se apercibiera de mi estado de ánimo. Se había dado perfecta cuenta de que yo ya era en realidad un trapo de cocina usado. Y agujereado. Entonces desplegó su discurso de superioridad y comenzó a tratarme como a un enfermo.

—Yo no te hago nada —declaró, con voz de sacerdote en acto se servicio—. Soy tu amigo y me da pena ver cómo tú mismo te destruyes.

O yo era tonto y ciego o el tipo aquél estaba cargado de rencor contra mí, pero se contenía y se expresaba como si estuviera en Versalles porque sabía que la competición había acabado y él era el triunfador. Ya no necesitaba levantar la voz, ni despeinarse.

—Estás en contra mía. Siempre lo has estado —declaré, como si hablara solo, con la mirada fija en la botella.

Y fue entonces cuando Palazón, viéndome acabado y en estado de semihipnosis, se decidió a mostrar sus cartas.

—Hace años, cuando empezamos en la Universidad, yo venía lleno de ilusiones —explicó, con una voz inflexible— Tú acabaste con todas: el guapetón, el chico bonito, que encandilaba a todo el mundo.

Me quedé tieso al comprobar que lo de Palazón iba mucho más allá del problema de Rosa y que durante todos aquellos años me había estado odiando tan solo por lo que yo era. Y me di cuenta de que era envidia, una envidia inmensa, amarilla y absurda, solo porque no podía parecerse a mí.

—¡Qué tontería! —protesté.

Pero él no se detuvo.

—A todo el mundo... —continuó—. El catedrático, Rosa... Tú ni te enterabas porque estabas demasiado ocupado con tu éxito. Es tu carácter. Y ¿sabes qué pasó?

—Ni idea. ¿Cómo voy a saberlo?

—Me hice a mí mismo una promesa. Recuperar a Rosa y ser mejor que tú en la Universidad.

Lo miré de refilón mientras trataba de reconocer al hombre que había estado oculto dentro de él, acechando como un cazador en la oscuridad, y que solo aquel día se mostraba a la luz. Me acababa de dar cuenta de que Palazón no solo era un cursi y un pelota: era también un fanático capaz de mantener el rencor durante años... aguardando el momento.

—Vaya, pues qué vengador justiciero... —comenté, porque los vapores alcohólicos no me permitían un discurso más elaborado.

Él sonrió de satisfacción. A continuación se quitó las gafas, comprobó que los cristales tenían adheridas unas motitas de polvo y se puso a limpiarlas muy escrupulosamente. En esta actitud continuó explicándose.

—No es una venganza. Es una lucha, la lucha por el éxito. Eso que parece que a ti te da igual, como si estuvieras por encima de todo.

—¿Cómo me va a dar igual?

—Todo te sale bien a la primera, sin esfuerzo.

Sí... eso era. Eso le dolía. Yo tenía amigos, le caía en gracia a todo el mundo, incluso a los profesores, y también tenía suerte. Le dolía. Pero en aquel momento, recién apaleado como estaba, decir que todo me salía bien sin esfuerzo me parecía sarcástico, y en prueba de ello me palpé ostensiblemente las costillas.

—¿Sin esfuerzo? —ironicé.

—Pero haces trampa —objetó Palazón, que seguía linealmente con lo suyo.

—Chico, todo lo ves negro ¿Qué soy yo para ti? ¿Una especie de Fumanchú? —alegué, en plena euforia etílica.

—Los alumnos están encantados contigo porque no les hablas de ciencia, sino de fantasías.

Ante unos pensamientos tan elaborados se me escapó un eructo y a continuación me rasqué descuidadamente la coronilla. A Palazón no le gustaba hablarme en aquellas circunstancias. Se trataba de su memorial de agravios históricos, su deseado discurso final, su solemne declaración de victoria, y le fastidiaba que yo le contestara con tonterías sin ser plenamente consciente de lo que escuchaba. Entonces decidió meterse con uno de mis temas sensibles. Señaló a las ilustraciones de mi tinaja y al mismo tiempo a mi reproducción en papel.

—Mira estos adornos. Tienen color de granada, aspecto de granada y forma de granada, por lo que todo el mundo está de acuerdo en que son granadas. Menos tú.

Lo miré y me pareció ridículo, incluso algo más que de costumbre ¿Por qué se ofendía ante una simple teoría sobre el significado de unos signos? ¿Pensaba que mi opinión sobre ellos era una forma de atacarlo?

—Son semillas de adormidera —me limité a decir.

—Claro, porque eso te permite lucirte... —clamó Palazón, indignado— Tu famosa tinaja ibérica con nueve semillas de adormidera. La teoría del becario Fernando Robles.

Yo insistí. El hecho de que mi vida se estuviera desmoronando no era motivo para que cambiara de opinión sobre el significado de unos signos ibéricos. Incluso se me disipó ligeramente la melopea.

—Nueve adormideras. La tinaja guarda el grano de trigo para que sirva de semilla en la siguiente estación de siembra, nueve meses después, y la semilla debe dormir en la tinaja nueve meses antes de volver a la tierra.

—¿Lo ves? —chilló Palazón, que parecía descompuesto—. Tus cavilaciones son del circo, no de un centro académico.

Nuevamente concentré mi atención en la botella, aparentando indiferencia. Pensaba que podía defenderme mostrándome tranquilo y sacándolo de sus casillas.

—Y tú eres un pelota —declaré a media voz.

Pero Palazón no contestó. No lo necesitaba. Para él era un día histórico. Había vomitado sobre mí un rencor de años y debía sentirse renovado.

La conversación parecía haber llegado a su final, pero al cabo de un momento pareció recordar algo y preguntó

—¿Qué es eso de la misión de Gizeh?

Sonreí al comprobar que Palazón llevaba la cabeza tan baja contando las puntas de flecha de Las Pijotillas que no se enteraba de lo que pasaba en las alturas.

—Se han localizado nuevas cámaras sepulcrales en la gran pirámide. Con rayos X. Parece que contienen cuerpos y ajuar funerario. Suponen que la tumba de Keops estuvo vacía desde un principio y era solo un truco para despistar a los ladrones y que el faraón puede estar en una de esas nueve cámaras. Es el descubrimiento más importante desde...

—¿...Troya? —aventuró Palazón.

—Tutankamon, probablemente —contesté, evocando silenciosamente la memoria de Howard Carter.

Palazón buscó la forma de utilizar el tema para ofenderme. Y la encontró.

—Pues es una pena que tengas que irte precisamente ahora de la Universidad —añadió— Lo tienes todo perdido ¿Qué vas a hacer?

Miré instintivamente a mi Isis, como buscando refugio.

—No lo sé —admití en voz baja y completamente derrotada.

Palazón levitaba. Cada uno de mis gestos de abatimiento alzaba un poco más su enorme culo de la silla. Era consciente de que me tenía a su merced y le apetecía hacer sangre.

—¿Sabes qué es esto? —donde por "esto", parece que debía entender mi completo fracaso— Es el precio de tus tontas quimeras —declaró.

Acto seguido empujó con el dedo mi Isis hasta hacerla caer como una pieza de ajedrez.

—Jaque mate —proclamó, con ojillos relucientes.

Miré la sonrisa de un hombre que acababa de satisfacer oscuras ansias criadas como los champiñones, en la oscuridad, y comprendí que su triunfo era genuino y lo único que me correspondía era reconocerlo y asumirlo.

Entonces miré de través a mi dibujo, con aquellas semillas de adormidera que todo el mundo se empeñaba en tachar de granadas. En cierto sentido, aquella hoja de papel era un símbolo, un símbolo de mis propias ideas y, digamos, de mi rebeldía. Y decidí que vendría conmigo como recuerdo de mis felices días de Universidad.

Doblé el dibujo y lo guardé en un bolsillo de la chaqueta. Después recogí mi Isis y lo que quedaba del whisky y salí del taller, buscando refugio en mi pequeño despacho. Un pequeño despacho del que me tendría que despedir, y pensaba que cuanto antes mejor. Creo que iba maldiciendo, canturreando una cancioncilla de montañeros que hablaba de la camaradería y repitiéndome a mí mismo, con convencimiento algo beodo, que tenía que romper con todo aquel mundo que no me quería, con Rosa, con Palazón, con la Facultad... e iniciar una nueva vida, de alguna manera y en algún lugar, preferentemente en uno donde no existieran los establecimientos de óptica.

Comencé a recoger mis cosas, diría que con rabia. Los objetos y documentos que me servían iban a una caja. Los inútiles los arrojaba con violencia tras de mí, y volaban sin que yo me preocupara más de su destino porque mi estado etílico no daba para más.

Al mismo tiempo hacía un análisis en voz alta de mi situación. Un análisis moderado e imparcial que sonaba más o menos así:

—¿Sí?.. Ese pelota tiene razón. Pues bueno: al diablo con el catedrático, al diablo con Rosa, al diablo con la Universidad... ¡Al diablo con todo!

De pronto escuché una tosecita. Había sonado a mi espalda, muy cerca. Demasiado cerca. En una fracción de segundo analicé la situación, aunque con un poco de torpeza. A saber: no era yo quien había tosido, luego había sido otra persona. Acababa de cerrar de un portazo, luego no había podido pasar nadie, lo que significaba que al entrar yo había ya alguien esperándome ¿Pero quién? ¿El furtivo tuerto? ¿El armario con patas? ¿Un asesino a sueldo enviado por mi ex suegra?

Me volví. Frente a mí, sentado en una silla, había un hombre que me era totalmente desconocido. Elegantemente vestido, de unos sesenta años, con un pelo totalmente blanco pero abundante y cuidadosamente peinado. Parecía un actor y sostenía en las manos nada menos que una copia de trabajo de mi proyecto de tesis doctoral: mis teorías sobre la relación entre los mitos y los yacimientos arqueológicos, mis especulaciones sobre el rey Gerion y mis opiniones relativas al emplazamiento de su tumba. El desconocido estaba literalmente cubierto de los papeles inútiles que yo acababa de echar a volar, y se los quitaba de encima con movimientos lentos y distinguidos.

Para mi mayor sobresalto, el tipo aquél leyó en voz alta, incluso con respeto, el título del volumen.

—"El rey Gerion como personaje histórico, una hipótesis de trabajo".

Tenía acento extranjero y me miraba con perfecta calma, dándose cuenta de que yo estaba perplejo.

—¿Quién es usted? —pregunté.

—Soy el profesor Higgins —respondió con una sonrisa, consciente de que la mención de su nombre despertaba pasiones.

Se me escapó una risotada medio histérica y dirigí de inmediato una mirada recelosa a la botella de whisky, porque estaba seguro de que aquel hombre no solamente no era el profesor Higgins, sino que ni siquiera estaba allí. No era más que un producto del alcohol, una expresión de mis deseos más profundos. Sí, estaba seguro de que mi imaginación había generado sin el menor recato la imagen de aquel visitante como el guía que habría de llevarme a un mundo mejor, lejos de la mediocridad universitaria, entre pirámides y beduinos. Mientras llegaba a estas conclusiones, di dos pasos hacia atrás para buscar apoyo en la mesa de despacho, pero calculé mal y caí al suelo.

¿Veis? Poco antes había estado balanceándome con seguridad a cincuenta metros de altura, pero después de que Rosa me dejó, era incapaz de apoyarme en mi propia mesa.

—¿Le ayudo? —preguntó la visión que pretendía ser el profesor Higgins.

—No, no... Disculpe —respondí. Aún no sabía si debía hablarle a la aparición pero, por precaución, respondí muy bajito para que nadie que pudiera oírme desde fuera se diera cuenta de que estaba discurseando solo.

Me incorporé dando tumbos y me quedé esperando a que aquella proyección de mi subconsciente se evaporase. Pero, lejos de hacerlo, me dijo:

—Un trabajo interesante.

—¿El qué? —pregunté, un poco confuso.

—Sus elucubraciones sobre Gerion —contestó.

Ya que aquel holograma no se marchaba, tuve que aceptar su conversación. Por favor, sin miradas de condescendencia. Vosotros habríais hecho lo mismo.

—Bueno, son solo unas ideas —respondí modestamente.

—¿Piensa descubrir alguna vez esa tumba? —preguntó el pretendido profesor, mostrando un interés por mis cosas tan sincero y agradable que lo entendí como una prueba inequívoca de que no existía.

—Me gustaría —respondí—, pero en realidad no sé por donde empezar.

—¿No ha averiguado nada concreto? —insistió él.

Tuve que resignarme a la evidencia. Estaba en mi despacho hablando solo, y además de cosas completamente serias. Y debo confesar que me rendí a aquella conversación, porque las opiniones del ectoplasma aquél del pelo canoso eran justamente las que yo necesitaba escuchar. Hasta entonces no había conseguido que nadie de carne y hueso me dijera lo mismo.

—No, no creo —respondí humildemente.

—Pues he de decirle que me parece una pena. Nuestra ciencia debería ser menos burocrática ¿No cree?

Esta vez se me olvidó por completo que el señor no era real.

—¿Menos burocrática? No me haga reír. Estudié Arqueología para ir en busca de cosas nuevas. Esto está lleno de funcionarios rellenadores de impresos y expertos en estadística.

La aparición taconeó el suelo nerviosamente, como si estuviera perdiendo la paciencia.

—Bueno, pero está en su mano contribuir a que nuestra ciencia...

—Esta no es mi ciencia —parloteé, sin dejarle acabar—. Es su ciencia. Es la ciencia de Don Juan Roca, la ciencia de Palazón... Yo ya estoy fuera.

El hombre pareció contrariado.

—¿Cómo dice? —preguntó, mientras depositaba mi trabajo sobre la mesita con movimientos diría que aristocráticos.

—Me voy. Lo dejo. Dimito. O si lo prefiere, me echan —todas estas expresiones, más que salir de mí, explotaron en mí. Como fuegos de artificio.

A su rostro se asomó una sombra. Yo creía que las apariciones mantenían siempre su apariencia angelical, pero ésta mostraba también cambios de ánimo. Debía ser de calidad superior.

—Cuanto lo lamento... Entonces el tribunal... —comentó, con tono de auténtica (y debo añadir que inexplicable) decepción.

Esta última mención me trajo algo a la memoria. Algo que me obligó a rehacer sobre la marcha mi solemne declaración de despedida.

—Huy, pero cómo lo había olvidado... Al diablo con Rosa, al diablo con Palazón, al diablo con el catedrático... ¡y al diablo también con el tribunal!

—Pues créame que lo lamento de veras, yo... —comenzó a decir, muy contrariado.

Le lancé una mirada fulminante.

—¿Lo lamenta?

—Pues claro —explicó—, me habían hablado muy bien de usted, estoy al tanto de sus encuentros con los furtivos y los traficantes de antigüedades y por eso he querido venir a su....

—¿..Tribunal?

—Efectivamente.

—¿En serio lo lamenta?

—Verdaderamente en serio.

Miré de reojo mi botella y entonces decidí poner a prueba a mi interlocutor, para averiguar si existía o no.

—Entonces lléveme con usted —pedí.

Él pareció momentáneamente desconcertado.

—¿A dónde? —preguntó, temiendo que le estuviera pidiendo asilo político en su hotel.

—A Egipto —proclamé, con los ojos muy abiertos e imagino que con una sonrisa boba, dibujada por el whisky y las cervezas.

El señor dudó unos momentos. Entones pude notar su alivio al entender por fin lo que le estaba pidiendo.

—Oh, mi querido amigo, únicamente la flor y nata de... —comenzó a decir.

—Solo para acarrear bultos, hacer los cafés, cuidar de los camellos... ¡Le llevaré el salacot!

—No, no, ya tenemos gente encargada...

Me detuve, y se me escapó un gesto de cansancio. La aparición se mostraba tan cicatera como si fuera una persona real.

—Vale, olvídelo. Era una broma... —declaré, desilusionado— Lo siento, debe perdonarme, ahora soy un ex arqueólogo.

Higgins suspiró, aliviado.

—¿Y qué piensa hacer?

La pregunta me pareció aterradora. No había tenido tiempo de pensar en ello y contesté lo primero que se me ocurrió.

—Ya he hecho nuevos planes —expliqué con tono ridículamente confidencial—. Aquí cerca hay una hamburguesería donde necesitan un cocinero. Hace dos semanas que estoy viendo el cartel y es como un desafío ¿Sabe? Pásese por allí cuando quiera y le invitaré a una hamburguesa. Y si es usted vegetariano, podría...

El profesor Higgins se puso en pie con una expresión repentinamente severa.

—Bueno, reconozco que estoy decepcionado —declaró.

Pero yo no me dejé amilanar. No había generado tanta frustración solo para hacerle la pelota a una simple proyección de mi propia mente, así que me mostré firme.

—Lo siento, no soy su hombre —respondí con decisión.

El profesor Higgins, o quizá su ectoplasma, salió del despacho y yo me recosté pesadamente sobre el sillón, no muy consciente del alcance de lo que acababa de hacer y decir. Creo que al final de mis cavilaciones debí convencerme de que el Higgins que me había visitado era real y ello me condujo a un fuerte sentimiento de bochorno y a la necesidad de poner el broche de oro a mi solemne declaración de despedida:

—Y al diablo también con Fernando, por supuesto —murmuré con amargura.

ooOoo

Por fin había llegado el final de aquella interminable jornada. Tenía unas ganas locas de meterme en la cama y dormir catorce horas para no tener que pensar más en mis problemas, y aún menos en mi futuro.

Desde luego, refugiándome en casa tenía también la intención de evitar que la cadena de mis desgracias siguiera adelante. Dadas las circunstancias, si aquella noche hubiera encontrado por la calle un billete de cien euros, no lo habría recogido por temor a que estuviera electrificado o puede que empapado en arsénico. Y si en vez de ser un Fernando Robles venido a menos hubiera sido el mismo Ulises, no habría atendido a la llamada de ninguna sirena. Pero quien me llamó ni siquiera fue una sirena, sino mi portera, que con los chufos puestos, su bata color fucsia subido, sus pantalones de pijama asomando, sus zapatillas a juego y sus fríos modales de siempre, me sugirió que debería vaciar mi buzón. Lo miré: tanto rebosaba de cartas e impresos que parecía a punto de vomitar.

No me apetecía meterme en casa con un lote de oferta publicitaria más otro de facturas y un último de extractos bancarios, pero bajo la boina de chufos, la mirada de mi sirena era persuasiva, así que me limité a dejar caer una respuesta que pugnaba por ser cordial e hice lo que me decía.

Mucho papel —pensé—. Demasiados árboles talados solo para que todas aquellas atentas cartas publicitarias hicieran un corto trayecto hasta la papelera.

Entré en mi piso, cerré tras de mí todos los pestillos y cerrojos como si de esta manera pudiera mantener alejado el infortunio, me senté en un sillón y me puse malhumoradamente a revisar la correspondencia. Bueno, revisar posiblemente sea una expresión demasiado rigurosa, porque me deshacía de la mayoría de los sobres sin necesidad de abrirlos.

"Ha sido agraciado en el sorteo de un coche", anunciaba un reclamo... "Vacaciones en Egipto, su oportunidad de visitar las pirámides", clamaba otro, muy apropiado para mí, y me detuve a fantasear qué ocurriría si contrataba aquellas vacaciones y me presentaba por sorpresa en la pirámide de Keops para reiterar a Higgins mi oferta de colaboración.

Entonces lo vi. Un sobre cuya única inscripción decía "Gerion". Lo primero que se me ocurrió fue que había leído mal la palabra "avión", "jamón", o quizá "jabón" o "jergón", pero no era así. Decía precisamente Gerion. Di la vuelta al sobre: no tenía remite. Volví a darle la vuelta y clavé los ojos incrédulos en aquella palabra que me pareció fatídica.

"Gerion", se me escapó en voz alta, como si estuviera hablando con el sobre igual que había estado hacía poco hablando con una aparición con aspecto de actor de carácter.

¿Qué era aquello? ¿Una broma, un disparate o simplemente algo que estaba soñando? Para saberlo desgarré el sobre, del que cayeron unos pocos documentos. Uno de ellos era un plano. El otro, fotocopias de algunas páginas de un libro con la narración de un cuento popular llamado *La leyenda del pastor*. Un cuento extraordinario, debo decir. Según leí, había sido recogido a principios del siglo XX en una aldea de Almería llamada Los lobos. El cuento narraba cómo un extranjero venido del mar había matado y robado a un pastor que apacentaba toros rojos, y afirmaba que el pastor estaba enterrado en los alrededores de aquella misma aldea.

Cuando alcé la vista de aquel trozo de papel, mi vida había cambiado. Aquella historia era nada menos que una versión popular del mito de Gerion, el rey pastor muerto por Hércules, que, en el curso de sus trabajos, había venido a la isla de Eritia a robarle sus toros rojos. Y aquella leyenda era lo que yo había estado buscando todo el tiempo, el corazón mismo de mi tesis doctoral, mi mayor sueño. ¿Cómo era posible que alguien...?

Tomé el plano y casi lo estrujé entre mis manos. Entonces me fijé mejor: representaba una especie de galería subterránea... Sin duda el lugar donde... No me atrevía ni a considerarlo en serio. El lugar donde estaba enterrado el cuerpo de Gerion. Si era cierto, si conseguía encontrarlo, podría revolucionar los fundamentos de la Arqueología.

Alcé la mirada y contemplé con recelo las latas de cerveza vacías. Aquello no podía ser real, parecía una broma, o un complot, pero reprimí mi primer impulso de interrogar a las latas y sacarles hasta la última gota de información. El estupor mental se me había pasado de golpe. Me encontraba tan alerta como un perro de caza.

Pero ¿quién me enviaba aquella información tan valiosa? ¿Quién quería ayudarme en secreto, o quizá burlarse de mí? Inspeccioné de nuevo el sobre buscando alguna pista, pero allí no había nada, ni remite, ni matasellos, ni signo alguno. Quien quiera que fuera mi benefactor, había depositado personalmente el sobre en el atestado buzón y había tenido sumo cuidado de no dejar huellas.

Saqué un mapa de algún cajón y lo desplegué sobre la mesa. Con poco esfuerzo localicé la aldea de Los lobos, situada cerca del mar, en un rincón poco habitado de la provincia de Almería.

Hacía cinco minutos que acababa de decir adiós a mi vida de arqueólogo, a mis esperanzas de éxito y a mis ansias de aventura. Pero con aquellos documentos en mi poder, yo era otra persona. O podía serlo. Dentro del tiovivo desenfrenado en el que se había transformado mi mente, las perspectivas y posibilidades aparecían sin parar, y entre ellas la oscura y remota pero enormemente estimulante posibilidad de que un descubrimiento sensacional, mucho más sensacional que un friso con cabras pintadas, me ayudase en el concurso de méritos.

Entonces saqué del bolsillo mi Isis y la dejé encima del mapa, justo sobre la misteriosa aldea.

—¿Tú qué crees? —le pregunté, como a un oráculo— Si encontrase esa tumba ¿no podría ganar la plaza y recuperar a Rosa?

Como si de una respuesta se tratara, sonó el teléfono. Lo cogí a toda prisa, con el momentáneo convencimiento de que Isis había decidido responderme. Pero la voz que escuché fue la de una funcionaria de la secretaría de la Facultad, que me ponía al corriente de la agenda del concurso de méritos. Que la exposición ante el tribunal era ese sábado a las diez de la mañana, que sería conveniente que llevara corbata, que tenía hasta el viernes para presentar las publicaciones por el registro de entrada y un largo etcétera de advertencias burocráticas a las que no presté atención.

Después de decir que sí a todo y colgar, fui directamente a consultar el calendario. Era lunes, solo tenía unos días.

Miré de nuevo el plano y las fotocopias. Todo aquello era una locura, no tenía el menor sentido. Era como si aún no hubiera despertado de mi sueño, como si la proyección mental del tipo ese de acento inglés no se hubiera disipado, como si estuviera viviendo una ficción, o una vida que no era la mía.

¿Podría ser todo aquello una intriga urdida por Palazón y Rosa para alejarme de la Universidad? Ellos sabían que yo era un saltimbanqui muy capaz de salir disparado a cualquier destino y quedarme hasta última hora dando vueltas por algún agujero húmedo, en el último extremo del país, confiando en encontrar a tiempo un transporte de vuelta para la entrevista ante el tribunal. Quizá su plan consistiera en conseguir que se me hiciera tarde, o al menos que me presentara una vez más cubierto de polvo y lamparones.

Pero eso carecía de sentido. Ellos sabían que habían ganado, que yo no tenía nada que hacer. Debía haber sido otra persona quien me dejara el sobre, alguien que por algún motivo quería verme en Los lobos.

No, no podía salir corriendo sin más a un pueblucho de mala muerte donde no encontraría más que polvo... ¿O sí?

Entonces se me vinieron a la cabeza las alternativas, y por un momento me vi con un gorrito amarillo bordado con una imagen del pato Donald, preguntando a un corro de niños gordos y maleducados si preferían la hamburguesa con ketchup o con mostaza. En seguida me imaginé tras el mostrador de la joyería, alabando las cualidades de la perla mallorquina ante una delegación de la asociación de amas de casa.

Este recurso resultó muy convincente, porque de inmediato tomé una decisión.

oooOooo

III
LOS LOBOS

El apeadero estaba solitario y machacado por el sol. Cuando el tren siguió adelante y su rumor se disipó, me llegó el murmullo de las cigarras de forma tan rotunda que me pareció que aquél era el único sonido del lugar. El sonido de la aridez del verano. El sonido de lo seco y estéril. Frente a mí, sentados en un banco de obra, había tres abuelos inmóviles que parecían fugitivos de un museo de momias.

Me detuve delante de ellos, que permanecían mirando al frente con los ojos vacíos, más o menos como si vieran la tele.

—¿Se va por ahí al pueblo? —pregunté, señalando un montón de baches en línea recta.

Los abuelos asintieron con un movimiento leve y extrañamente unánime, pero su expresión no cambió, aunque es cierto que uno de ellos espantó una mosca. Después, cortejado por el amable clamor de las cigarras, comencé a caminar. Y entretanto no podía dejar de formularme esas preguntas elementales que alguna vez cruzan la mente de toda persona razonable cuando sospecha que ha metido la pata: qué hago yo aquí, por qué diablos he venido y quién me manda a mi meterme en esto. Temía encontrarme un pueblo lúgubre habitado por ancianos con los ojos vacíos, y comenzaba a sentirme como un astronauta en exploración cuando escuché a mi espalda el rumor de un motor. Al volverme vi que, en mi misma dirección, se aproximaba a toda velocidad un objeto metálico que hacía perfecta combinación con el camino agujereado, las chicharras cantoras y los abuelos momificados, y que era la furgoneta más vieja y destartalada que había visto en mi vida. Mientras la veía acercarse imaginé qué llevaría a bordo: un rudo campesino como tripulante y como mercancía media piara de cerdos, una tonelada de hierbajos o un lote de buenos pedruscos.

La furgoneta me sobrepasó y a continuación se detuvo con un espantoso frenazo, levantando una nube de polvo y sin que el bestia de su conductor se molestara en aproximarla a la derecha. Al contemplar el vehículo detenido y en todo su esplendor chatarrero, me pregunté si es que los primos de Matusalén se habían motorizado y me dispuse a conocer al rudo campesino. Pero del vehículo no bajó nadie.

¿No quería aventura? Pues allí estaba, una furgoneta silenciosa, inmóvil y diría que ominosa, como un barco viejo varado en medio de un mar de guijarros. Tampoco yo me atrevía a moverme. Me quedé parado, aguardando a que el porquero descendiera apestando a ganado y dispuesto quién sabe si a partirme la cara. Pero no sucedió nada y aquel paquete de hierro, aparte de sucio, viejo y ruidoso, me pareció también amenazante, como un OVNI hecho polvo del que podría salir cualquier cosa con seis patas y ojos pedunculados, una especie de gamba humanoide con ganas de bronca.

"Venga, Fernando, ánimo", me dije. "Eres un aventurero, no dejes que una furgoneta te asuste". Y en medio de un coro de cigarras avancé resueltamente hacia lo desconocido.

¿Y qué creéis que pasó? Me asomé a la ventanilla y mi sorpresa fue mayúscula. Ni rudo campesino, ni ganadero que olía a vaca, ni abuelo de ojos vacíos, ni crustáceo estelar. Ni siquiera era una persona quien se sentaba al volante, sino un ángel. Un ángel que me miraba con los ojos más verdes y dulces que os podáis imaginar.

—¿Quiere que lo lleve? —preguntó el ángel, pero yo no me moví, porque estaba tratando de averiguar si estaba sufriendo una alucinación por capítulos.

—¿Me ha entendido? ¿Quiere que lo lleve o no? —insistió la bellísima muchacha, y yo asentí con toda la torpeza del que no sabe si vive o sueña.

La chica abrió la puerta, que chirrió suplicando unas gotas de aceite, y subí a bordo deseando solo una cosa: que el viaje no tuviera fin, aunque para ello la vieja cafetera oxidada tuviera que dar vueltas y vueltas alrededor de la aldea hasta el fin del mundo.

Debía tener como dieciocho años, el pelo castaño por los hombros, los ojos verdes y la nariz menuda y pecosa. Llevaba al cuello un pañuelo rojo y vestía como un chico, con unas ropas desgastadas que le proporcionaban un aspecto mitad de mujer bohemia mitad de mecánico de automóviles.

Casi me dejo la cabeza cuando arrancó el trasto de forma tan impetuosamente burra como lo había detenido. Después se limitó a conducir sin prestarme atención y la furgoneta se convirtió en una especie de orquesta en la que no había trozo de lata que no entrechocara con los demás y no tocara su propia música con notas desafinadas.

—¿Eres de aquí? —pregunté tímidamente.

Demasiado tímidamente: No conseguí elevar mi voz sobre el estrépito del motor y las vibraciones de la chapa.

—No te entiendo —gritó la chica, a pleno pulmón.

Entonces tomé aire y chillé yo también:

—¡Preguntaba si eres de aquí!

—Como si lo fuera —respondió ella, rutinariamente y sin mirarme, pero sin aclarar nada.

—Pareces extranjera —insistí, sin quitarle el ojo de encima.

—Británica —respondió, al mismo tiempo que dejaba el camino de tierra y entraba en una carretera asfaltada, pero estrechísima y con el firme hecho polvo.

—Ah, ya... —fue mi ingenioso comentario. Y, después, como ella permanecía concentrada en sortear los agujeros y parecía ignorarme, añadí:— ¿Puedes indicarme un hotel?

Me lanzó una rápida mirada como para percatarse de mis necesidades de comodidad, y después volvió a poner sus ojos en el camino. Por lo visto no consideró que yo fuera lo suficientemente exigente ni lo suficientemente rico como para echar de menos unos cuantos lujos.

—Si se conforma con lo que tenemos —respondió—, lo llevaré a la Posada del Mar. El turismo no ha llegado aún aquí.

Entonces volvió a mirarme, y fue como si por primera vez se diera cuenta de que yo estaba allí.

—¿Está de paso? —preguntó.

Por alguna extraña razón yo había decidido que mi misión debía permanecer secreta. Sí, ya sé que no era más que un chiquillo en busca de su obsesión, pero algo me decía que había algo más. No sabía cómo ni por qué había recibido el sobre anónimo que me había llevado hasta allí, y eso le daba a todo un aire de turbia intriga.

—Bueno, puede que me quede unos cuantos días... —respondí, buscando la ambigüedad.

Ella continuó indiferente, atenta al camino. En realidad parecía importarle poquísimo que estuviera de paso, pensara quedarme o hubiera elegido aquel lugar para cometer suicidio. Entonces añadí:

—¿Hay... hay ruinas arqueológicas por aquí?

—¿Qué eres? —preguntó ella— ¿Una especie de profesor?

—Algo parecido —respondí, evitando ser concreto—. Dime... ¿Hay ruinas?

—Todo el pueblo es una ruina, incluyendo esta furgoneta —respondió ella, dándome largas.

—No me refiero a eso —aclaré—. Pensaba en sitios en el campo donde aparecen restos de muros viejos y trozos de cerámica que...

La chica disminuyó la velocidad solo para poder mirarme de hito en hito y creo que de esta manera averiguar por qué la estaba tomando por una paleta de pueblo que nunca en su vida ha leído un libro.

—Ya sé a lo que te refieres. Y no puedo ayudarte. No sé nada de lo que te interesa —respondió, de forma algo airada.

—¿Crees que alguien me podría..? —insistí.

—Oye —me interrumpió— por casualidad ¿No vendrás buscando la tumba del pastor?

Sí, así fue. La inglesa aquella, o lo que fuera, me dejó simplemente de una pieza y me hizo sentir como el agente secreto que acude de riguroso incógnito a una misión y se encuentra con una fiesta sorpresa de cumpleaños, donde setenta y cinco de sus amigos, entre ellos varios periodistas, acceden de pronto a la información confidencial.

Y, la verdad, el comentario me había dejado demasiado desmoralizado como para tratar de disimular.

—¿Cómo lo sabes? —solo acerté a decir, y creo que debí quedarme con la boca abierta, ojos de ignorante y todos los demás rasgos que identifican a un tonto.

Ella dobló violentamente una esquina —ya estábamos en el pueblo— y, dejó pasar unos momentos. Después, con la mirada muy seria, me advirtió:

—Es mejor que no te metas en líos.

Sí. Como los antiguos navegantes. Non plus ultra, no te adentres por estas aguas. Hay sirenas engañosas, peligrosos remolinos, tíos altísimos con un solo ojo en la frente que te comerán crudo. Pero aquello era una exageración y no tenía nada que ver conmigo. Yo solo quería localizar un yacimiento arqueológico, y eso para conseguir el fin perfectamente burocrático de una plaza en la Universidad.

—¿Por qué? ¿Qué quieres decir con eso? —pregunté a la desesperada, y ella notó mi desconcierto.

—Lo que has oído —declaró secamente. Entonces detuvo la furgoneta con igual sequedad y anunció:— Mira: ahí está tu pensión. Miré a donde ella me señalaba, pero solo de reojo. En seguida, como perrito lastimero, devolví la mirada a la belleza de su rostro y permanecí inmóvil aguardando a que me explicara aún algo más.

De un momento a otro, aquella mujer se había transformado para mí en un misterio.

—Ya puedes bajar —dijo, proclamando como un taxista malhumorado el fin del viaje.

—Bueno, gracias —murmuré entre dientes, mientras iniciaba el desembarco.

—De nada —respondió ella fríamente.

Bajé, pero no me moví. Como un niño que no quiere separarse de su juguete, permanecí con los ojos fijos en la extraña conductora hasta que desapareció llevándose consigo su secreto y su estrepitosa cafetera vieja.

ooOoo

Alquilé una habitación pequeña que daba al interior (las otras no tenían vistas bonitas, pero sí ruido). Deshice la maleta y saqué de ella un calendario, que colgué en la pared. Era martes, así que dibujé un círculo alrededor del día de la fecha. Después, con aires de pirata con tesoro a la vista, saqué el plano y lo desplegué sobre la mesa. Por fin, mi Isis salió de su encierro y quedó de pie sujetando uno de los bordes del plano. Junto a ella, una palmatoria de bronce y una vela que encendí para ella con algo de solemnidad. No, no es que fuera devoto de Isis, nuestra relación era más bien de secreta camaradería pero me sentía obligado a pagarle con algo.

—Dame suerte —recuerdo haberle dicho, con el mismo fervor que había usado cuando me disponía a hacer un examen.

Entonces me senté sobre la cama y, después de tanta determinación, me sentí flojo y confundido... ¿Por dónde empezaría? ¿Cuál tendría que ser mi próximo paso?

Ni siquiera había trazado un plan. Me había lanzado por las buenas a una aventura y ahora no sabía muy bien qué tenía que hacer.

Pensé que seguramente Rosa y su mamá tenían razón con respecto a mí: lo que yo consideraba simple entusiasmo ellas lo veían como atolondramiento. Lo que yo creía apasionamiento, para ellas era espíritu caótico. Al fin y al cabo, ellas se dedicaban al negocio de la óptica y debían tener mejor vista que yo.

Rosa... Perderla era lo que más sentía después de todo aquel fracaso en que se había transformado mi vida. Quizá debiera haber renunciado a los sueños y haberme dejado llevar por la fría lógica de su familia. Con el tiempo podría haber copiado a mi suegro y haberme transformado en un óptico consorte muy competente. Podría haber llevado la contabilidad e incluso habría echado una mano en el mostrador, y los fines de semana jugaría al golf y tomaría martinis con notarios jubilados, especuladores inmobiliarios y directores de sucursal bancaria, mientras participaba en interesantes conversaciones sobre la cotización del euro.

Podía haber tenido a Rosa siempre conmigo si hubiera admitido pagar aquel precio, el de trocar mis ilusiones por una vida entregada a la expendición de líquido desinfectante de lentillas. Y así es como se había planteado exactamente aquella decisión: o seguía siendo la misma persona que siempre había sido y me quedaba solo, o lograba conservar a Rosa y me transformaba en un pelele de ella, su madre, el óptico consorte y todos los miembros prudentes y bienpensantes de la sociedad. Quizá os parezca una decisión fácil, pero yo no estaba como vosotros, cómodamente sentado —incluso cómodamente tumbado— en el sofá o en el sillón, sino comiéndome los últimos restos de mis ahorros en una pensión de mala muerte de lo que parecía el fin del mundo, enfrentado al desafío de hacer un descubrimiento arqueológico sensacional en menos de cuatro días y con la inquietante evidencia de que mi vida se estaba derrumbando. Y además, sin que se me ocurriera qué hacer para empezar.

Bajé a recepción a ver si podía recoger alguna pista. El recepcionista era un hombre bajito, de unos cuarenta años, rústico, pero no simple. De hecho, sus ojos eran más inquisitivos que los de la mayoría de estudiantes que había conocido.

Por suerte, le apetecía entablar conversación.

—¿Representante de comercio...? —preguntó, estudiándome con detalle.

Valoré durante un instante la posibilidad de ganar reserva haciéndome pasar por semejante cosa, pero no me convencí.

—Arqueólogo —respondí.

—¿Arqueólogo? —repitió el conserje, y sonó como si hubiera dicho traductor simultáneo de klingon.

—Especialista en la Edad del Bronce —añadí, a modo de explicación, aunque creo que me tendría que haber esforzado algo más.

El recepcionista se me había quedado mirando, como en un intento de calibrar el alcance de mis palabras.

—Yo hice la mili en un dragaminas —respondió al fin, al parecer contento de haber hallado una respuesta adecuada—. Me harté de limpiar bronces. Y esa fue mi propia edad del bronce... ¿Qué es lo que hace usted como arqueólogo?

Opté por una respuesta breve, aunque creo que no muy didáctica.

—Remuevo piedras... piedras antiguas quiero decir.

La forma en que me miró sugería que en Los lobos el tonto del pueblo se dedicaba precisamente a eso, cambiar piedras de sitio, o a algo parecido.

—¿Para qué? —preguntó él, que se había quedado igual.

Reconozco que la pregunta me desconcertó. Para aquel hombre sin duda remover piedras en el campo debía tener una inexcusable finalidad agrícola. Y como si hubiera seguido por ese camino no habría acabado nunca, decidí cambiar de tema.

—Oiga... ¿No sabrá usted algo sobre leyendas y cosas así? —pregunté.

El recepcionista se detuvo un momento a pensar.

—Mi especialidad son los bocadillos de lomo —respondió—. Pregúnteme sobre eso y ya verá.

Lo miré con una duda, temiendo que me estuviera tomando el pelo.

—¿No le suena la leyenda del pastor que fue asesinado por un extranjero? —insistí.

Tal y como estaban las cosas, tenía razones para temer que había tocado un tema tabú y que eso podría tener consecuencias fatales. Pero de algún modo tenía que empezar.

—Ni idea —comentó—. Pero sé quién le puede ayudar.

—¿Quién?

—Pregunte usted por el cojo.

Al oír el apelativo terminé de convencerme de que, en efecto, me estaba tomando el pelo. Recuerdo haber estado a punto de preguntarle si el cojo además no era tuerto y llevaba un loro al hombro. Pero, por prudencia de investigador, decidí callarme y seguir la pista como si no se tratara de una broma.

—¿Dónde puedo encontrarlo? —pregunté, con mi mejor sonrisa.

ooOoo

No, no había sido una broma. El cojo vivía en una casita en las afueras del pueblo, o quizá debiera decir casucha. Desde ella se veía el mar, y a veces se percibía también su rumor impreciso. En la fachada había un cartel de madera donde ponía en letras grandes y desgastadas: "Antigüedades". La puerta estaba abierta. Pasé al interior y me encontré de pronto en una sala abarrotada de muebles viejos y chatarras metálicas que más que tienda de antigüedades parecía almacén de trapero y que, como en un chispazo, me devolvió el recuerdo de la cafetera con ruedas y su bella ocupante.

En un rincón distinguí a un tipo bastante mal encarado, de unos sesenta años. Llevaba la cabeza afeitada y estaba cepillando algo que quería parecerse a una mecedora. Creo que debía estar restaurándola, al menos según él.

—¿Es usted el...? —empecé a decir, pero me detuve.

El sujeto se sobresaltó, como si no estuviera acostumbrado a recibir clientes, y me miró con ojos inesperadamente llenos de ira. Sorprendente recibimiento, cuando yo podría haber venido dispuesto a comprar su destartalada mecedora. O quizá algo en mi figura le indicó que estaba ante un curioso, no ante un comprador.

—Estoy buscando a... —de pronto no sabía cómo explicarme ¿Podía aludir a un señor tullido sin ofender?— Me han dicho que... —titubeé, pero como su mirada impaciente me estaba taladrando, no se me ocurrió nada más, y acabé preguntando:— ¿Es usted el cojo?

Mi entrada en escena no pudo ser menos diplomática. El sujeto miró de refilón hacia sus muletas, apoyadas a un lado, y no despegó los labios.

Constatado el resbalón, solo fui capaz de dejar escapar una tosecita nerviosa.

—Perdone. Me llamo Fernando ¿Puedo hablar con usted?

El tipo me prestó poca atención. En lugar de disponerse a una conversación interesante, se volvió y continuó con su tarea cepillando una pata de la mecedora con tanta fuerza y con tan mala cara que creo que debía estar imaginando que me lijaba la yugular. En esta actitud añadió:

—Usted dirá.

—Verá —empecé—, me dedico a recopilar leyendas...

—Y yo a vender antigüedades —me interrumpió— ¿Ha venido a comprar alguna?

—No exactamente —respondí—. Me interesan las leyendas relativas a cuevas con tesoros.

El cojo se detuvo, como si esto le hubiera hecho mella. Después continuó, tratando de aparentar una indiferencia que yo creo que ya había perdido.

—¿Le interesan los tesoros? —preguntó.

—No especialmente —respondí, sin decidirme a ir derecho al grano.

—Creo que no le entiendo —respondió el anticuario.

Como podéis ver, la conversación había llegado a un punto muerto. Si seguía por ese camino, pronto terminaríamos intercambiando monosílabos, así que decidí hablar claro.

—En realidad soy arqueólogo. Estoy buscando un yacimiento, una tumba —declaré, y al hacerlo no podía desprenderme de la sensación de que acababa de liberar un gran secreto.

Sin embargo, el anticuario no parecía compartir mi impresión. De hecho, ni se inmutó. Prueba de ello es que respondió con un más que escueto:

—Ya...

—¿Conoce usted la leyenda del pastor muerto por un extranjero? —añadí, procurando ir a donde realmente me interesaba.

El anticuario se detuvo de nuevo, y esta vez me miró con fijeza, como si mi pregunta hubiera sido insolente.

—Sí —se limitó a responder, pero pronunció la palabra como un desafío.

—¿Le importaría ser algo más explícito? —insistí— ¿Podría contármela?

Había dejado el cepillo y ahora pasaba la mano por la madera para comprobar su suavidad.

—Es muy breve —respondió, y añadió, hablando a toda velocidad y con tono impersonal:—. Hace mucho tiempo en estas tierras vivió un pastor que cuidaba toros rojos. Vino un extranjero lo mató y huyó con algunos de aquellos toros. Creo que eso es todo. Me contaron esa historia hace tiempo.

Me quedé mirándolo en silencio, un poco decepcionado. Y entonces añadió:

—Desde entonces en este pueblo desconfían de los extranjeros.

O yo no había entendido el final o había dado con un chalado. Un chalado que insinuaba que los agricultores locales, aparte de preocuparse de sus pepinos, aún guardaban rencor a Hércules por haber acabado con su rey Gerion unos cuatro mil años atrás. Por momentos temía escuchar la noticia de que el Ayuntamiento había declarado al héroe griego persona non grata.

—¿Cómo dice? —murmuré.

—No quieren que vuelvan a llevarse el resto del ganado. El ganado pertenece al pueblo —completó el anticuario, que me miraba completamente en serio bajo sus cejas espesas y amenazantes.

Ya no había duda: estaba loco perdido y mi misión era un puro fiasco. Había viajado a aquel oscuro rincón solo para reunirme con un perturbado mental cuya manía consistía en acumular basura en aquel almacén mal llamado tienda de antigüedades, y en lijar esa basura mientras cavilaba medidas preventivas para evitar que los extranjeros, siguiendo los pasos de Hércules, continuasen asediando la localidad para robar las sagradas y sin duda longevas vacas de Gerion. Sí... era como para preguntarse cómo debía saber el solomillo de una vaca de cuatro mil años que además debía haberse alimentado con piedras, porque en aquel rincón reseco las briznas de hierba se contaban con los dedos de la mano.

—¿Se refiere al ganado del pastor? ¿Cree que ese ganado aún está deambulando por ahí? —protesté, tratando de tirar de algún hilo invisible que despertara en el anticuario las trazas de la razón que sin duda había perdido.

—Yo creo lo que creo —respondió hoscamente.

Permanecí un momento en silencio, preguntándome si habría aún alguna forma de sacarle a aquel tipo alguna información útil.

—¿Sabe dónde está la tumba del pastor? —pregunté.

—Sí y no —fue su enigmática respuesta, y por un momento me lo imaginé repitiendo aquella misma absurda historia en la sala de reuniones del manicomio donde debía ingresar o de donde quizá había escapado.

Pero el convencimiento que había en aquella mirada me produjo la sensación de que, loco o no, el anticuario sabía algo. Y yo debía conseguir que me lo revelara. Solo necesitaba un empujoncito.

—Bueno, mire... —probé— le agradecería mucho que me ayudase usted. Si se trata de dinero...

El hombre me miró y se echó repentinamente a reír.

—No tiene usted aspecto de hombre rico —observó, dejando el cepillo definitivamente a un lado.

Estaba visto que no había nada que hacer, así que decidí recoger velas y de paso dejar de exponerme a su mirada de desprecio.

—En fin, tengo que irme —respondí, dándome la vuelta.

—¿A dónde? ¿A perderse en la cueva? —ironizó el anticuario nada más girarme.

Me detuve en seco y me volví para mirarlo a los ojos.

—¿Cómo sabe que se trata de una cueva? —pregunté.

—¿Cómo lo sabe usted? —preguntó él.

Me mantuve en silencio unos momentos, soportando el peso de su mirada fija. Pero dejé de titubear al convencerme de que no conseguiría nada si no mostraba todas mis cartas.

—Tengo un plano —declaré ostentosamente.

Por primera vez lo vi perder su seguridad, lo que me complació. Se puso en pie y me miró fijamente, como si en lugar de un niñato de turismo en el sitio equivocado, yo fuera alguien.

—Entonces viene usted realmente preparado —comentó, y, añadió, con tono repentinamente meloso:—. Quizá querría quedarse a cenar y enseñarme ese plano.

¿Cenar con él? Eso no era un cambio de actitud, era una metamorfosis. Pero, la verdad, una cena en la intimidad con aquel anticuario con aspecto de verdugo reciclado no era mi ideal. No imaginaba qué menú podría ofrecerme que no fuera sopa de lejía sazonada con cianuro y así se lo hice entender en forma de unos gruñidos casi inaudibles, que fueron la única cosa que fui capaz de expresar. En ese preciso momento una nueva persona entró en la estancia. El corazón me dio un vuelco cuando reconocí a la bella conductora de la chatarrería rodante.

—Buenas noches —dijo la recién llegada, en un tono neutro y sin un gesto que denotase que ya nos conocíamos.

—Hola, hija —respondió el anticuario, casi jovialmente— te presento a...

—Me llamo Fernando —completé diligentemente.

—Encantada —comentó ella— . Yo soy Diane... ¿Está usted de paso?

"¿Por qué me pregunta lo mismo que por la mañana?", cavilé, mientras mantenía el gesto ridículamente tenso en medio de una sonrisa de circunstancias... "¿Es una especie de clave secreta?". En cualquier caso, el tono de la muchacha era distante y me resultaba claro que por algún motivo estaba disimulando. Pero parecía muy segura, al contrario de lo que me pasaba a mí, que no sabía ni lo que pasaba ni la actitud que debía adoptar.

—Así es —murmuré tímidamente, y, luego, de forma realmente torpe, añadí:— . Bueno... —y reconozco que ahí me quedé trabado.

—¿Sí...? —dijo el anticuario.

—En fin... —añadí entre dientes, y creo que mirando al suelo, pero aún sin atreverme a terminar la frase.

—Diga... —añadió él.

—Acepto —declaré por fin, haciendo acopio de valor.

El anticuario puso cara de absoluto despiste.

—¿El qué? —preguntó.

Creo que me sonrojé al explicar:

—Pues la invitación. La invitación a cenar.

Por el rabillo del ojo vi cómo a la bella y dulce Diane se le escapaba una sonrisa.

ooOoo

Además de estar cojo como el mismo Diablo, poseer una cabeza como bola de billar y exhibir una mala sombra de antología, el anticuario tenía un nombre: se llamaba Graham. Y por supuesto, era inglés. La cena fue sabrosa y el vino excelente. O eso supuse, porque bebí más de lo que acostumbro (en realidad no bebo) y terminé la sesión algo piripi. No penséis de mí que soy un indiscreto o que no estoy capacitado para guardar la debida reserva. Si un par de horas después de proponerme guardar absoluto secreto sobre mi misión se lo había contado todo, absolutamente todo, a un calvo con cara de borde al que no conocía de nada, fue porque el vino me había hecho perder la debida discreción.

—Y entonces ese Palazón... ese Palazón es un relamido y un pelota. Y se va a quedar con la plaza de profesor, y yo a la calle... —declaré, creo que por quinta vez— Dios mío, la Universidad está llena de mediocres.

Podéis creerlo, sí. Estaba confiando los problemas más graves de mi vida a aquellos extraños, como si fueran mi papá y mi hermanita y se dispusieran a arroparme con abrazos para ahogar mis contrariedades.

—También los hay en la calle, no se preocupe —me consoló Graham, efectivamente en tono paternal.

Graham había venido a Los lobos cuando Diane era pequeña. No me había quedado del todo claro por qué un inglés de mediana edad decide internarse en el fin del mundo para poner una tienda de sillas viejas, pero él no me lo explicó y yo tampoco tenía la mente lo bastante clara como para formular preguntas o comprender las respuestas. De haberlo estado, le habría preguntado antes otras cosas, como por ejemplo si el motivo de su mal humor era su cojera o si era congénito. O, por ejemplo, cómo un tipo tan feo y antipático podía tener una hija como Diane. Pero aquella noche yo solo disponía de tiempo y energía para exponer mis obsesiones, revelar mis secretos y, en resumen, quedarme en pañales ante el taimado sujeto.

—Ojalá hubiera más gente como el profesor Higgins —proclamé, expresando en voz alta el pensamiento que acababa de cruzarme la cabeza.

Esto despertó la atención de Graham.

—¿Higgins? ¿John Higgins? —repitió, más o menos como si hablara de un compañero de colegio.

—¿Lo conoce? ¡Qué pequeño es el mundo! —comenté, con la repentina sensación de pertenecer a una gran familia.

—He oído hablar de él. Parece que es uno de los más grandes arqueólogos vivos —respondió Graham, con enorme consideración y respeto.

Reconozco que miré al anticuario con ojos nuevos. Quizá había en él un pozo de bondad e inteligencia que no había sabido ver. Quizá incluso la acumulación de trastos de la exposición fuera una colección de auténticas piezas antiguas que merecieran respeto. Quizá había una forma de explicar su absurda obsesión por las vacas del rey pastor.

—Vaya, me alegro de encontrar en este pueblo a alguien que está informado —declaré, con el fugaz convencimiento de haber encontrado almas gemelas—. Me gustan ustedes dos. Si me echan de la Universidad me vendré a vivir aquí, a una de estas casuchas, y usted puede enseñarme a comerciar con armarios de segunda mano.

Graham no contestó. Se limitó a mirarme como si yo fuera imbécil y después ordenó a su hija:

—Diane, saca algo de postre.

Graham conseguía que la más amable de sus expresiones sonara como la de un comandante de las SS estreñido. Al instante, la joven se presentó con un plato lleno de fruta. El plato era de plástico, pero yo no me había fijado. De hecho, esa noche habría tenido dificultades para distinguir un plato de una hamaca. Pero a Graham pareció sentarle fatal.

—¿Otra vez este plato de plástico? Te he dicho que no quería volver a verlo —bramó, y las venas se hicieron terriblemente visibles en sus sienes.

Diane no respondió, y su sumisión me pareció exagerada. Era como si supiera de antemano que toda queja era inútil con aquel energúmeno. Ella ya no era la linda bestiecilla que tan alegremente conducía su desguace rodante como pájaro al viento. Parecía que le hubieran extraído toda su vitalidad con una jeringuilla, como si la furia de aquel bestia hubiera conseguido cortarle las alas.

—¿Cómo quieres que te diga las cosas? —chilló el anticuario.

Entonces hizo algo insólito: cogió el dichoso plato, sacó de él la fruta y, como si fuera una oblea gigante, lo rompió en trocitos que dejó caer en el suelo. El gesto me trajo a la memoria al furtivo bizco, que había hecho lo mismo con mis calcos.

—Trae un plato de porcelana —ordenó.

Entonces, mientras una Diane extrañamente muda desaparecía en la cocina, el ogro se dirigió a mí en un tono falsamente pudoroso:

—Usted sabrá perdonarme. Intento mantener un poco de dignidad en esta casa, a pesar de la pobreza —se lamentó.

No dije nada. De pura vergüenza ajena me había quedado mudo y, por retirar la atención de la violenta escena, había dejado pasear la mirada por toda la estancia, que estaba repleta de objetos antiguos. Y de esa manera es como había descubierto una colección de espejos metálicos muy antiguos, que descansaban sobre una repisa. Al pie de cada espejo había una granada.

El ataque de vandalismo no había impedido a Graham apercibirse de mi curiosidad.

—Veo que le interesan a usted estas pequeñas piezas —comentó, con artificiosa modestia.

—Pues sí —reconocí— . Tienen un aspecto muy antiguo, pero ¿sabe qué me llama la atención? Que tiene usted ahí doce espejos y doce granadas ¿Significa algo?

Graham puso cara de ingenua doncella que no sabe nada de nada y nunca lo ha sabido.

—No ¿Por qué?

—Por la repetición del número doce —aclaré.

Se le escapó una sonrisa de superioridad.

—Relájese —ironizó— . Los años tienen también doce meses y nadie se pone tenso.

—¿Dónde los consiguió?

Sonrisa taimada de Graham y ojillos diría que divertidos.

—En un mercadillo ¿verdad, Diane?

Diane, que ya había repuesto el plato, asintió sin palabras y, según me pareció, con poquísimo convencimiento.

—¿Podría...? —me atreví a mencionar.

Percibí la alarma en Diane y la fiera mirada que me dedicó Graham. En un instante se había generado tanta tensión que incluso en mi estado beodo podía percibirla. Pero inmediatamente el anticuario transformó su cara en una máscara de amabilidad.

—¿Quiere examinarlos? Adelante, agradeceré la opinión de un profesional experimentado —mintió.

Tomé cuidadosamente en mis manos el espejo que me ofreció Diane y lo estudié con atención.

—¿Qué opina usted? —preguntó Graham, tratando de ocultar con sus modales vacíos que mi opinión le importaba un pito.

—He visto espejos etruscos muy parecidos —respondí—. Probablemente sea antiguo.

—Quién sabe lo que uno puede encontrar en un mercadillo ¿verdad? —comentó con tono casual que sonó más falso que un talón al portador extendido por Judas Iscariote. Pero en realidad apenas escuché esta última frase. Me había quedado mirando la repisa donde descansaba el resto de los espejos.

—¿Por qué cree que habrá doce? Parece que hayan formado parte de un juego —comenté, mirando alternativamente al padre y la hija, pero de sus caras no saqué ni una sola expresión. Los dos parecían bloques de piedra.

—Bueno, hace falta ser muy vanidoso para mirarse en doce espejos —respondió Graham—. Supongo que eran motivos ornamentales.

—Sí —admití, y de pronto me acordé tontamente del cuento de Blancanieves y se me escapó, aún más tontamente:— Espejito, espejito ¿Quién se llevará la plaza?

—Creo que su amigo —respondió Graham.

Iba a devolver el espejo a Diane cuando me fijé en un signo escrito sobre su superficie metálica.

—Oiga ¿Ha visto esta inscripción? Parece una letra griega ¿No debería usted ponerse en contacto con un museo?

Al oír la palabra museo, Graham se puso tan tieso como un palo de fregona. No, no debéis mencionar esa palabra delante de un anticuario sospechoso, o de un furtivo, especialmente cuando están comiendo. Pueden atragantarse y sufrir una muerte repentina.

—Ya le he dicho que compré esos artículos en un mercadillo —más que responder, me advirtió con aspereza.

Me di cuenta de que mi anfitrión se estaba hartando y, antes de que hiciera con el espejo algo parecido a lo que había hecho con el plato de plástico, decidí que era hora de marcharme.

—Claro, perdone.... Bueno... La cena ha sido muy sabrosa, pero creo que debería irme a dormir.

—Como quiera —respondió Graham, más bien con alivio.

Me puse en pie y mis anfitriones me acompañaron al exterior a través de la tienda.

Al pasar por entre las estanterías, me fijé en un objeto de forma indefinible que descansaba en el interior de una vitrina. Me llamó la atención porque era lo único realmente raro entre aquella colección banal de muebles viejos cubiertos de polvo, muñecas de porcelana tiñosas, candiles que parecían recogidos de la basura y otras delicias de trapero.

—¿Qué pieza es ésta? —pregunté.

—¿Quiere verla mejor? —ofreció Graham, con desgana, al tiempo que la extraía de la vitrina y me la mostraba.

Se trataba de un objeto circular de cerámica, donde se veían unos huecos distribuidos con aparente desorden, que conducían hasta lo que semejaba el grabado de una granada. Nuevamente una granada. No tenía ni idea de lo que era aquello ni de para qué servía.

—¿Qué es? —pregunté.

—La tapa de un quemador de perfumes —señaló Graham y, refiriéndose a los huecos, añadió:— Por aquí saldría el humo.

Sin darme mucho más tiempo para pensar, Diane retiró como distraídamente la pieza de mis manos.

—Gracias —dijo ella, ya en la salida—. La próxima vez traiga a sus amigos.

—¿Qué amigos? —pregunté, sorprendido.

—Los hombres que han venido con usted al pueblo —respondió.

¿Por qué me hacía esa pregunta, si ella misma me había recogido y sabía que venía sin compañía? ¿Estaba intentando decirme algo?

—No, no... He venido solo —respondí.

—Qué raro —observó Diane—. Esta mañana le he visto y esos hombres iban detrás de usted.

—Déjalo Diane... —interrumpió Graham, con malos modos y peores gestos. Y a continuación se dirigió a mí:— Debe irse a dormir ¿Podrá encontrar el camino de vuelta?

Asentí en silencio y me despedí. Al salir me fijé en Diane. Una vez más temía no volver a verla. Creo que ella se dio cuenta y me dedicó una mirada más bien compasiva.

La puerta de la tienda de antigüedades se cerró tras de mí y yo comencé a caminar en la noche. Iba pensando en el mensaje en clave de Diane. Era evidente que quería advertirme, protegerme de esos hombres, pero por algún motivo que se me escapaba, no quería que su padre se enterase. La sensación que tuve fue la de que allí, en aquella casa, se encerraba un secreto que yo debía desvelar, y que mis pasos resignados, de camino a la pensión, no hacían sino alejarme de él.

Entonces, en un impulso, decidí volver y agazaparme bajo la ventana abierta para tratar de escuchar lo que se decían padre e hija. Una nueva salida de tono de mi parte, pensaréis, pero es que necesitaba saber si de verdad aquellos dos estaban enfadados conmigo, si había dicho lo que no debía y también si aquélla había sido mi última reunión con Diane. En aquellos momentos mi vida era una especie de fiesta. Había dejado de estar obsesionado con mi misión arqueológica, y toda aquella carga amarga de las intrigas en la Universidad, toda aquella grave preocupación por el futuro, se iban convirtiendo en una especie de bola negra y maloliente que rodaba y se alejaba de mí y que poco a poco ya no me pesaba. Y me daba cuenta de cómo su lugar era ocupado por la divina Diane. Por motivos realmente confusos, sus problemas habían empezado a preocuparme. Por motivos confusos, me encontré de pronto buscando la forma de ayudarla. Por motivos también confusos quería verla otra vez.

Impulsado por toda esta mezcla de sensaciones, me apreté hecho un ovillo contra la pared y contuve la respiración mientras trataba de escuchar.

Dado el estado de embriaguez en que me encontraba, no puedo dar plenas garantías de haber oído lo que creí oír, pero entonces me pareció que así era, y lo que padre e hija se dijeron me arrancó de pronto de mi somnolencia y de mis indolentes pensamientos respecto a Diane.

Oí que ella preguntaba a su padre:

—¿Por qué lo has emborrachado?

Y oí que su padre contestaba:

—Para saber qué es lo que busca en realidad.

—¿Y lo has conseguido? —preguntó Diane.

Y lo que él contestó me dejó simplemente de una pieza.

—No sé qué es lo que pretende Higgins. Puede que sea más listo de lo que pensaba ¿Sabes que ese nene tiene un plano?

—¿Crees que será....? —intervino Diane, cuya voz denotaba asombro.

—¡El plano! —chilló Graham— Naturalmente. No hay otro. No puede haber otro. Me pregunto cómo habrá llegado a su poder.

Oí que Diane suplicaba, con voz compasiva.

—Por favor, no le hagas daño.

Y que Graham contestaba con aspereza y desapego:

—Déjame en paz. Y recoge eso del suelo.

Entonces escuché cómo Graham se alejaba cojeando.

El camino hasta el pueblo era corto pero completamente oscuro, y de pronto me pareció lleno de peligros. Mientras avanzaba, presuroso y con el cuerpo encogido, me daba cuenta de la violencia con la que había sido arrancado de mis planes, mis convencimientos y mis propósitos. Había venido allí como impulsado por un muelle, abandonado al convencimiento de que mi ansia de demostrar que tenía razón era más fuerte que yo mismo, y habían bastado unas horas para que todo eso tan importante fuera apartado a un segundo plano, por así decir oscurecido por Diane. Y estaba asustado porque mis pasos, tan decididos y arrogantes, no me habían conducido a una aventura puramente universitaria como yo había esperado, ni tampoco a una sentimental, como había empezado a creer, sino a otro tipo de aventura mucho más peligrosa, en la que estaba en juego algo mucho más serio que la existencia del rey Gerion o un amor de más o de menos. Lo que estaba en juego era mi propia seguridad, quién sabe si mi propia vida. Me había metido en una intriga mucho más peligrosa que las maquinaciones domésticas y pobretonas de la Facultad, una intriga entre poderes que ni siquiera conocía.

ooOoo

Reconozco que cuando entré por fin en mi pequeña habitación, estaba obsesionado. Obsesionado con mil y un amenazas, todas ellas sin nombre ni forma. Cerré tras de mí, encendí la luz y me tendí en la cama. Me sentí más seguro, pero solo un poco, e inicié un trabajoso proceso de autosugestión para convencerme de que en realidad las cosas iban muy bien. Tenía un plano, el plano de una cueva o una galería subterránea. Únicamente necesitaba localizar la entrada. Había conocido a una chica que era un sueño, especialmente cuando no conducía. Tenía aún tres días para encontrar la tumba... ¿No eran todo eso cosas excelentes? Suspiré hondamente y, en efecto, me encontré aliviado.

Pero en ese momento vi algo que me heló la sangre: mi Isis no estaba en la misma posición en la que la había dejado, sino levemente ladeada y mirando hacia la cama, es decir, en posición incorrecta. ¿Alguien había estado allí? ¿Habían registrado mi habitación? Recorrí con ojos temerosos el resto del pequeño cubículo sin advertir nada especial. Quien quiera que hubiera sido mi visitante, había sido cuidadoso. En todo caso, bajé rápidamente a recepción, donde continuaba de servicio mi amigo de ojos inquisitivos, como si no se hubiera movido del sitio en todo el día.

Decidí no dejarme llevar por el pánico y menos aún dar nada por supuesto.

—Oiga ¿Ha visto a algún tipo raro por aquí? —pregunté, con tono casual.

Preocupado por agradar, el recepcionista se detuvo extensamente a meditar su respuesta. Al cabo, su rostro se iluminó, como si por fin hubiera encontrado una que le parecía apropiada.

—Ejem... el hijo de la farmacéutica —anunció, y, mirando cautelosamente a ambos lados, añadió, en tono confidencial:—. Fue a la Universidad y volvió un poco... un poco amanerado. Creo que lo llaman salir de la despensa.

—Del armario —corregí.

—Eso —añadió.

—Hablo en serio ¿Ha visto a alguien por aquí? —insistí.

Entonces debió captar un cierto nivel de alarma, porque su voz se volvió preocupada.

—¿Se refiere a un intruso o algo así? ¿Por qué lo pregunta?

—Creo que alguien ha estado hurgando en mi habitación —respondí.

El conserje hizo girar sus ojos inquisitivos, como si de pronto sospechara hasta de la caja registradora, y de nuevo tuve la incómoda sensación de que me estaba tomando el pelo.

—¿Cómo lo sabe? —preguntó muy bajito.

—Por mi Isis —respondí, imperpérrito— Siempre la dejo mirando al sol naciente.

Vi cómo se rascaba la barbilla, pensativo.

—¿Su Isis? ¿Se trata de una amiga suya?... No, déjeme que piense ¿Es una especie de cámara fotográfica, o algo que usan los arqueólogos? ¿Algún tipo de brújula?

Permanecí un momento en silencio, tratando infructuosamente de percibir en sus ojos un brillo de diversión.

—No —respondí—. Es una estatuilla.

Permaneció mirándome aún un instante, su mente trabajando a todo trapo en busca de una respuesta, y entonces, de pronto, aflojó la tensión.

—¡Ah! Quizá la muchacha de la limpieza ignoraba en qué posición quería estar su Isis, señor. Ella no sabe nada de Arqueología, aunque desde luego conoce las cuatro reglas.

Puf... ¿Sabéis que se me escapó una sonrisa de puro alivio? De pronto el recepcionista me pareció simpatiquísimo, casi entrañable.

—Ah, claro... Lo siento —farfullé, sin saber qué otra cosa decir.

Me retiré torpemente, aunque reconfortado. Sin embargo, cuando subía la escalera recibí un porrazo de un bestia de huésped, grande como una vaca, que bajaba a toda prisa.

—Pero oiga... —protesté.

El enorme tipo no me hizo caso. Parecía que llegaba tarde a algún sitio y ni siquiera se volvió. Incluso me pareció que escondía la cara y, de hecho, pensé algo que de inmediato me pareció ridículo y rechazable: que se parecía al furtivo que poco tiempo antes me había apaleado, el rubio bizco y macizo como un bloque de granito. Pero nada más pensar tal cosa, me formulé a mi mismo una pregunta básica, una pregunta que todo hombre ha de formularse una vez en la vida: "Fernando ¿Qué eres, un hombre o una gallina?". Evidentemente —pensé— el rompeplatos aquel de Graham me había metido tanto miedo en el cuerpo que veía enemigos por todas partes. En el simple trabajo de la camarera del establecimiento veía un registro domiciliario, y en un simple gordo con prisas, un asesino a sueldo.

Cálmate, Fernando, no seas patético. Tranquilo, la gente es buena, no existe una conspiración mundial contra ti: eres demasiado insignificante. Si no te calmas vas a acabar haciendo las maletas y huyendo esta misma noche de vuelta hacia el purgatorio de Rosa, Palazón, el profesor Roca, la visión parlante de Higgins y los chufos de tu portera.

Una vez las cosas debidamente claras en mi cabeza, animado por mi autodominio ejemplar y rematadamente contento por lo normal que era todo en realidad, volví a mi habitación. Desde el pasillo vi la puerta abierta de par en par ¿La había dejado yo de esa manera? No lo creía, pero aún así continué flotando en los brazos de mi nuevo optimismo. Quizá con la prisa había cerrado mal y el viento había...

No lo vais a creer, pero la habitación estaba literalmente patas arriba. Los cajones arrancados del armario, el colchón fuera de la cama, mis efectos personales por el suelo... Todo acababa de suceder mientras estaba en recepción.

Mi Isis... El búfalo en estampida de la escalera... Había sido él, de ahí su prisa. Me estremecí al pensar que no lo había visto subir, luego al entrar yo, él ya debía estar en la habitación, seguramente agazapado en el baño, dispuesto a todo.

¿Quiénes eran? ¿Qué buscaban? Seguramente el plano, pero no lo habían conseguido, porque, afortunadamente, lo había llevado conmigo.

Cerré con llave, recogí el desorden y devolví el colchón a su lugar. Entonces me eché y miré al techo, asustado e indeciso, durante al menos una larga y desesperanzada hora.

Tenéis que entender mi sensación de derrota. No es que sea un flojo, pero de ahí a convertirme en un héroe del tebeo iba una diferencia. Reconozco que empecé a contaros esta historia hablando de lo bonita que es la aventura y de la necesidad no solo de imaginar, sino de actuar. Quería descubrir tumbas más o menos como había hecho Howard Carter e incluso estaba dispuesto a asumir cierto riesgo, como descender en rápel por un barranco y hasta recibir algún bofetón de más. Pero todo eso, que yo había considerado tontamente valentía, todo eso que yo había creído aventura, no era más incierto ni más peligroso que una excursión de boy-scouts a un merendero público vigilado.

Es verdad, las decisiones que tomamos en momentos críticos tejen la madeja de nuestra vida, forman los mimbres de nuestra historia y acaban condicionando lo que somos. Yo también tomé aquella noche una decisión importante: la de abandonar. La de dejar que las cosas siguieran su curso entre los bandidos, los calvos histéricos y la gente violenta, y darme de baja de aquel juego peligroso.

oooOooo

V
LA CUEVA

Abrí los ojos y vi cómo la luz se colaba en mi habitación. De la calle llegaban sonidos cotidianos y tranquilizadores. Escuché jugar a unos niños, el murmullo de los coches. De alguna manera que no me resulta fácil explicar —ni siquiera entender— todo aquello me dio seguridad. En cierto sentido, era como si yo también estuviera jugando en el parque, bajo la mirada atenta y protectora de mi mamá.

Me levanté de la cama y me asomé al exterior, como para confirmar todas aquellas sensaciones. Y creo que así fue. Cuando había llegado a Los lobos el día anterior, fue como desembarcar en la Luna, así de extraño y hostil me había parecido todo, desde las momias animadas del apeadero hasta la estúpida maldad de Graham. Pero ahora todo me resultaba doméstico y familiar, era como si la misma aldea se hubiese puesto a conspirar para que no me marchara.

Decidí bajar y sumergirme en todo aquel torrente de vitalidad, tomar un buen desayuno y después, si no había vuelto a tener más encuentros con gente peligrosa, pensar qué era lo que realmente quería hacer.

Entré en un local a rebosar y recuerdo que por primera vez no me parecieron molestos ni la barra ocupada hasta los topes, ni el ambiente ruidoso. Al contrario, me sentía feliz en medio de esa sinfonía humana o, mejor, me sentía seguro. Y sonreí al darme cuenta de que al menos mi viaje y mis sustos habían conseguido algo bueno: que me gustara la gente, que disfrutara con su bullicio y que me alegrara de formar parte de una cosa y la otra.

Para ayudarme en mi decisión final, durante el desayuno me puse a pensar en el oficio al que me podía dedicar si me daba por vencido y me marchaba. Vi a una señora obesa con el pelo gris abriendo su pequeño establecimiento de pescadería, pero no creí que pudiera dedicarme dignamente al oficio de pescadero, pues era incapaz de distinguir un pulpo de un calamar. Me fijé en un policía local bostezando en una esquina al mismo tiempo que utilizaba subrepticiamente la porra para rascarse, pero no me habría sentido cómodo acarreando un arma de fuego y menos obedeciendo órdenes de un superior seguramente tripudo y mandón, aparte de zoquete. Y así sucesivamente, hasta que llegué a la conclusión de que mi futuro era más que oscuro si no era capaz de seguir adelante.

Y, como suele suceder, la casualidad o la fatalidad me echaron una mano en la difícil tarea de decidirme. Al salir del bar me di de pies a boca con el museo de la chatarra de Diane, estacionado delante de un supermercado. Me acerqué a echar una ojeada y al girarme vi que la propia Diane estaba delante de mí, cargada con unas cuantas bolsas de víveres y con cara de apuro.

—Hola —dije, como veis en el colmo de la elocuencia.

Ella me devolvió el saludo con un simple gesto de barbilla y comenzó a meter las bolsas en la furgoneta. Parecía tensa.

—Creo que anoche bebí un poco —añadí.

—Creo que sí —respondió ella, sin mirarme a la cara y sin una inflexión en su voz.

—Lo siento...

En realidad no sabía qué decirle, sobre todo cuando se mantenía tan rígida y ausente. Pero entonces me acordé del sujeto que casi me aplasta en la escalera y añadí:

—Por cierto... Esos hombres que viste...

—¿Sí...?

—¿Qué aspecto tenían?

—Son fuertes y mal encarados.

Me venía un mal presentimiento, más bien una certeza.

—¿Uno de ellos llevaba una barba negra? ¿Y el otro era rubio?

Diane había acabado de estibar los paquetes y se volvió a mí, un poco intrigada.

—Creo que sí ¿Por qué?

—Han estado registrando mi habitación.

Ella asintió con la cabeza, como si mantuviera un diálogo interior y se estuviera diciendo algo a sí misma.

—Ya te advertí que no te metieras en líos —comentó.

—Ya... Creo que tenías razón —reconocí—. En cuanto a tu padre...

Ella no me dejó terminar. Parecía repentinamente turbada.

—Aléjate de él —advirtió.

—...No quiso decirme dónde está la tumba —completé.

Diane lanzó por encima de su hombro una mirada furtiva y comentó en tono confidencial:

—Está en la Cueva de la Colina Roja, pero saberlo no te servirá de nada. El interior de la montaña es un laberinto.

Bien... había estado a punto de salir pitando, pero aquella revelación era como un ancla que me mantenía atado a la aldea. Nada iba a impedirme entrar en aquella cueva.

Entonces, al tratar de seguir tirando del carrete, recordé las absurdas advertencias de Graham.

—Oye, las historias que cuenta tu padre son un poco fantásticas —declaré—. Creo que puede padecer demencia senil. Me acusó veladamente de querer llevarme el ganado de la leyenda.

Ella me miró como a un niño pequeño, como si hacerme entender requiriese un largo discurso para el que no tenía tiempo.

—¿Eso te extraña? —preguntó, con cierto desdén.

Confieso que no entendía a aquella familia, pero creía hacerme un retrato más o menos fiel: Graham debía ser el fugitivo de algún manicomio británico y su hija se había vuelto tarumba de tanto cuidarlo. "Qué mejor refugio que el villorrio del fin del mundo para escapar de los loqueros", pensé.

Y allí estaba ella, Diane, sosteniendo la tonta teoría de su padre, para quien los toros de Gerion debían haberse hartado de vitaminas y habían adquirido la inmortalidad.

—¿Cómo voy a robar un ganado que tiene cuatro mil años? —protesté, tratando de devolver la conversación a la realidad.

—No te das cuenta de lo que son esos toros —respondió Diane, sin perder un ápice de su seguridad—. La leyenda dice que el ganado era rojo.

Había dicho esto último como si se tratara de una clave facilísima que lo explicara todo, pero confieso que para mí no solo no explicaba nada, sino que su pensamiento era un completo laberinto. No era capaz ni de seguirla ni de encontrar en sus palabras algo de sentido común. Quizá quisiera sugerirme que se trataba de toros extraterrestres.

—¿Y qué?

—Pues...

En ese momento apareció Graham en persona, que salía del supermercado apoyado en su muleta. Ni siquiera me saludó. Se limitó a subir a la furgoneta llamando a su hija con la misma entonación que se usa para los perros.

—Hasta luego —me dijo ella, dando por concluida la conversación.

—Espera —protesté, mientras Diane se disponía a desaparecer en el interior de su desguace móvil.

Entonces ella se volvió y, cuidando que no la oyera su padre, me dijo en un susurro:

—No son toros reales ¡Ese ganado es de oro!

Por algún motivo, lo creí al instante. Aunque fuera un disparate. Aunque transformara radicalmente las condiciones de mi misión. Si había oro por en medio, la aparición del armario con patas y el rubio bizco no necesitaba ya de otras explicaciones, y tampoco la presencia allí de un anticuario sospechoso que pretendía haberlo comprado todo, hasta la ropa interior, en un mercadillo anónimo, sin facturas, ni recibos, ni huellas. Un individuo taimado que quizá no estaba tan loco.

Y yo, sin saberlo ni quererlo, ya no estaba investigando el mito de Gerion sino que me había transformado en uno más de aquellos aventureros sin otra patria más que la fortuna, poseídos por la fiebre del oro y lanzados a una especie de carrera sorda y secreta, pero salvaje y sobre todo peligrosa. Había creído que mi rival era el inofensivo becario Palazón, con sus bobas intrigas de provincias, cuando mis enemigos eran unos tipos peligrosos que te rebanaban el pescuezo solo por guiñar un ojo. Sí, había equivocado por completo el tablero de juego. No estaba jugando al parchís, sino abandonado en la arena circular y rodeado de... toros.

Ahora ya sabía lo que estaba pasando, o al menos lo podía entender mucho mejor, y estaba preparado para salir de estampida, consciente de que había estado siendo un pajarillo entre halcones y de que dejarlo todo era una decisión prudente y apropiada.

"Prudente y apropiada". Al pensar en estas palabras, como un terrible reflejo condicionado, se formaron en mi mente las imágenes de la propietaria del establecimiento de óptica, de su voluble hija y su futuro yerno, el gordito relleno Palazón. Sí, esas tres personas tan prudentes y apropiadas... A las que podía añadir mi industrioso, prudente y apropiado tío joyero. Al marcharme me haría como ellos. Peor aún, viviría el resto de mi vida recordando este momento, el momento en el que pude luchar por mi sueño y yo mismo elegí la claudicación y la derrota. Es más, en el futuro inmediato podría tener que vérmelas con el matrimonio Palazón desde mis nuevas obligaciones como empleado de banca, agente de seguros, repartidor de pizzas, vendedor de coches usados o dependiente de joyería. Piensa, Fernando ¿Qué es lo que encontró Howard Carter? Una cámara llena de objetos de oro. Cierto que él no tuvo que enfrentarse a delincuentes, pero sí a la maldición de los sacerdotes de Amón, que era mucho peor. De hecho, se dice que a los pocos años los componentes de la expedición estaban muertos, todos en extrañas circunstancias. Yo, en cambio, tenía la suerte de que mis enemigos eran materiales y sólidos (quizá demasiado): uno o varios furtivos sanguinarios y asesinos en potencia que al parecer trataban de hacerme papilla, y probablemente un loco peligroso con la cabeza afeitada que me haría gustosamente lo mismo que le había hecho la noche anterior a su dichoso plato de plástico. Eso sin contar otros a los que no conocía y que quizá acecharan en la sombra.

¿Qué eran esos peligros comparados con la gloria? Si podía conservar una posibilidad, aunque fuera modesta ¿cómo iba a desaprovecharla? De hecho, ya había probado los guantazos en la cara, los puñetazos en el estómago y las patadas en las costillas: duelen, pero te recuperas. Si me estaba reservado aún que otro tortazo adicional, estaba dispuesto a recibirlo con tal de conservar una oportunidad.

Tenía un plano. Ahora, por fin, sabía dónde estaba la entrada de la cueva. Aún era miércoles, tenía tiempo. Si hacía el descubrimiento tendrían que darme la plaza. En realidad todo parecía maravillosamente simple: solo tenía que ir a esa cueva, seguir las indicaciones del plano y... Y transformarme en el Howard Carter del Mediterráneo Occidental.

¡Una dosis extra de tortazos! Cuando pienso en esto no puedo evitar sonreír ante mi ingenuidad. Aún estaba en los torpes inicios de la vida de aventurero. Al principio, como os dije, había creído tontamente que la aventura consistía en aceptar ciertos riesgos más o menos medidos. En realidad, aquella mañana seguía convencido de lo mismo, solo que subiendo la dosis: pensaba que la aventura consistía en aceptar que te partieran la cara, y después triunfar. Era un tonto. No tenía ni idea del horror que me aguardaba, ni de las lágrimas de arrepentimiento que estaba a punto de derramar, ni de la insondable desesperación que me disponía a sentir. Pero entendedme: fue esa ingenuidad la que me movió hacia adelante. Sin ella me habría vuelto a la ciudad como un fracasado.

Pues sí, necesité toda esa extensa dosis de retórica para convencerme a mí mismo de que debía quedarme. Corrí a la pensión a por mi equipo de escalada acunando con cuidado aquel frágil convencimiento, más o menos con el mismo cuidado con el que un niño pequeño viene a casa llevando una cesta llena de huevos.

ooOoo

Antes de entrar en la cueva miré el reloj. Eran las cuatro de la tarde. Apenas había comido. Había empleado parte de la mañana y el mediodía en deambular por los acantilados en busca de la entrada y finalmente la había encontrado. Era preciso escalar, cruzando entre nidos de gaviotas, hasta un rincón escarpado, barrido por el viento y con una vista increíble, en aquella colina que era en realidad un enorme acantilado.

La boca era enorme, y necesariamente debía descender de forma pronunciada, puesto que estaba casi en la cima.

Me adentré unos metros para resguardarme del viento y saqué de mi mochila el famoso plano. Un plano que valía tanto como el de un pirata, ahora que sabía que conducía no solo a un humilde puñado de huesos, sino a un tesoro. Me fijé con detenimiento en el trazado, largo y sinuoso, con muchas vueltas y revueltas, y me preparé para situaciones de posible emergencia. Comprobé el funcionamiento de la linterna y me aseguré de que las pilas alcalinas de reserva estaban en buen estado. Repasé la cuerda de perlón de quince metros y los mosquetones, por si fueran necesarios. Llevaba martillo, clavos de escalada y una caja de cerillas. Todo estaba en orden. Allá abajo me esperaban la soledad, la oscuridad y quizá también el premio a todos mis esfuerzos.

Me encontraba en una situación parecida a la de la otra mañana al pie del precipicio. Solo, a punto de meterme en algo arriesgado, y sin que nadie supiera que yo estaba allí, de forma que si me pasaba algo sería el fin. Supongo que debía haber tenido miedo, pero, curiosamente, no era así. Creo que estaba demasiado excitado, demasiado convencido de que allá abajo, en algún lugar de la tiniebla, el rey Gerion me esperaba, me había estado esperando durante cuatro mil años. Un tanto vanidoso, lo confieso, pero sin esas bajas pasiones uno se queda en casa y agota su vida sin vivirla, mirando la tele. Y yo ardía en deseos de bajar a aquella tiniebla donde mi premio me aguardaba, y de estar pronto de vuelta para que mi vida cambiara y gritarle al mundo que yo tenía razón.

Así que, sin esperar más, encendí mi linterna y comencé el descenso por una pendiente pedregosa, no tan vertical como había temido. La pendiente se fue suavizando y dio paso a una galería más o menos practicable por la que avancé al tiempo que iba dejando tras de mí un sedal de espeleólogo, para poder encontrar el camino de regreso. Muy pronto descubrí algo que me llamó la atención. En la pared, de trecho en trecho, había unas irregularidades, como si una parte de la superficie de la roca hubiera sido arrancada con un cincel. Tuve que acordarme del trabajito que había visto hacer a mis amigos los furtivos. Sin duda habían estado allí. Sin duda los fragmentos de roca que faltaban correspondían a valiosas pinturas rupestres que ellos se habían llevado. Sí, el barbudo y el bizco habían estado en la cueva, haciendo de las suyas. Puede que aún pudiera dar con ellos como la primera vez, en pleno robo, pero ahora me encontrarían más preparado y a lo mejor podía adelantarme y largarles yo algunos sopapos. A mí mismo me sobresaltó este fiero pensamiento y tuve que reconocer que estaba lanzado. O quizá esta excitación era una defensa natural contra el miedo que murmuraba en mí, en lo profundo, lejos de la superficie.

Aquellas huellas siniestras se repetían en trechos no muy largos, testimoniando que la cueva había sido en su día auténticamente rica en arte parietal.

Seguí adelante, creo que durante horas, con lentitud, porque la galería se hacía cada vez más irregular. A medida que avanzaba, iba dejando atrás más y más ramificaciones, más y más bocas de nuevas galerías, y me daba cuenta de que, como me había advertido Diane, el interior de la montaña era un auténtico laberinto. Un laberinto en el que, sin duda, nunca podría haber encontrado el camino de vuelta si no hubiera llevado conmigo el sedal. Y mientras avanzaba pensaba en lo que podía pasar si tenía éxito, en la cara que pondrían mis compañeros, mis alumnos, el catedrático. Puede que un triunfo rutilante pudiera devolverme a Rosa y permitirme arrancarla de las garras del trío Calavera —papá, mamá y novio— que la había vuelto contra mí.

Sucedió a la vuelta de una curva cerrada, cuando llevaba casi tres horas de exploración. Simplemente el suelo acababa de pronto, dando paso a un abismo en el que perdí pie y caí. Por suerte solo unos metros, porque pude sujetarme en un saliente. Me agarré a él fuertemente con ambas manos y creo que también con las uñas, las orejas y con cada célula de mi cuerpo. Mis provisiones y mis pilas de reserva habían caído al vacío y se habían perdido definitivamente. Pude escuchar un sonido siniestramente lejano cuando el morral impactó contra el fondo. Un sonido que me llegó magnificado por el silencio de la cueva y multiplicado por el eco. Sabía qué sonido era aquél. Era el sonido de la muerte.

Cuando iba a tomar aire y comenzaba a considerar mi situación, escuché un rumor. Sobre mi cabeza, algo rodaba por la roca. Al principio despacio, y después cada vez más rápido. Noté cómo en aquella situación límite mi mente trabajaba a toda velocidad, tratando de averiguar el origen del sonido. Lo conseguí al mismo tiempo que el carrete de sedal caía por el precipicio, muy cerca de mí. La linterna había quedado arriba, y el resplandor de su foco rebotado sobre la roca me permitió entrever cómo el hilo de nylon caía a toda velocidad, siguiendo fielmente al carrete. La decisión que hube de tomar fue cosa de una fracción de segundo. Si soltaba una mano lo más seguro es que cayera al vacío, pero si no recuperaba el sedal nunca podría encontrar el camino de regreso.

No recuerdo haber decidido nada, creo que fue mi cuerpo el que lo hizo por su cuenta. De alguna manera poco explicable me solté de una mano, la puse delante del sedal que caía, lo sujeté y volví a agarrarme a la roca.

Todo había sucedido a una velocidad de vértigo. Pegado a la pared como una mosca a una telaraña, supe que aún conservaba una pequeña oportunidad. Pero no de encontrar la tumba —eso apenas importaba ya— sino de conservar la vida. Permanecí aún un largo rato en aquella postura, con el hilo fuertemente atrapado entre mi mano derecha y la roca, temiendo mirar arriba y comprobar que no tenía posibilidad de ascender. Me quedé así, agazapado, percibiéndome gozosamente vivo, porque no sabía si en unos momentos, al iniciar el ascenso, podría mantener la fuerza, la frialdad y el equilibrio necesarios para no caer.

La roca estaba húmeda y resbaladiza, y el sudor que se desprendía de mis manos no hacía más que empeorar mi situación, pero comencé a moverme. Miré hacia arriba, donde el foco de la linterna me señalaba el borde del precipicio, y calculé que estaba a unos siete metros sobre mí. Probé a buscar un hueco o un saliente donde apoyar las manos, pero no encontré nada. La superficie era una lengua pulida de roca resbaladiza en la que era imposible hacer escalada libre. Entonces la linterna giró de repente y pude ver lo que podía salvarme la vida: era un clavo de escalada. Algún loco había estado escalando, o intentándolo, en aquella pared. Con un pequeño esfuerzo podía agarrarme a aquel clavo y, si no estaba podrido... Quien sabe.

Me combé y conseguí impulsarme hacia él. Lo sujeté con fuerza, pero ahora estaba balanceándome sobre el vacío. Por suerte, mis pies a la deriva tropezaron con otro clavo y pude situarme cómodamente. Entonces suspiré y agradecí la existencia del deporte de la espeleología.

Me fue relativamente sencillo ir aupándome en los clavos de aquel espeleólogo anónimo y ganar de nuevo la superficie horizontal. Y allí me abracé a la roca como a una madre, sin llegar aún a creer que me había salvado.

No me había olvidado del sedal, que mantuve fuertemente sujeto durante toda la ascensión. Entonces, como si estuviera pescando criaturas oscuras en el negro abismo, tiré de él para recuperar el carrete y evitar que éste, con su peso, volviera a arrastrar el resto del hilo, que me debía señalar el camino de vuelta. De todos modos, era ya mucho el que había caído tras el carrete y seguramente había arrastrado hacia el fondo de la cueva sus buenos doscientos metros, lo que significaba que en los primeros doscientos metros desde la entrada, aproximadamente, ya no había guía. Más que suficiente para perderme.

De cualquier manera, debía iniciar el regreso sin más tardar pero antes tenía que hacer una comprobación. Saqué el plano de mi bolsillo y repasé todo el trayecto para asegurarme de que estaba donde creía estar. Efectivamente, no había cometido ninguna equivocación. Y sin embargo allí, en el plano, no había indicación alguna de un precipicio. Debía tratarse de una especie de error. Pero un error muy peligroso.

Recogí lo que quedaba de mi equipo e inicié un regreso que sabía incierto. No tenía ni provisiones ni pilas de repuesto para mi linterna, y faltaba una parte considerable de sedal-guía, así que no tenía ni idea de cómo iba a encontrar la salida.

Después de una hora, la luz de la linterna comenzó a flaquear. "Eres un aficionado y un improvisador" —me dije— "¿Por qué no has traído una lámpara de carburo, como hacen los espeolólogos?". Y, en un arranque de optimismo realmente patético, me formé el propósito de hacerlo la próxima vez.

¿La próxima vez? ¿Qué próxima vez? Los que se disponen a morir no tienen próxima vez, y eso era lo que seguramente iba a pasarme a mí. Este convencimiento se afirmó cuando, al cabo de veinte minutos de agonía, mi linterna se apagó definitivamente y su rayo de luz mortecina pasó del tono cobre apagado a la más espantosa y desoladora nada.

No es fácil describir cómo me sentí. Podéis intentarlo vosotros mismos si cerráis fuertemente los ojos y os imagináis que estáis varios cientos de metros bajo la tierra, en un laberinto de galerías, sin agua ni comida, y que en estas condiciones tenéis que encontrar la salida. Era como estar encerrado en una tumba.

Llevaba cerillas. Encendí una y avancé unos metros. Luego otra y otra, hasta acabarlas todas. Entonces me quedé absolutamente solo en la oscuridad.

"Bien, Fernando", —me dije—. "No te rindas, aún tienes sedal". Era una esperanza vana, pues ya sabía que se acabaría antes de la entrada, pero no iba a quedarme allí sentado hasta morir, así que me puse a una tarea singularmente cruel: avanzar por la galería totalmente a ciegas, con la única guía del hilo de nylon, que no soltaba de las manos. Si os odiáis a vosotros mismos podéis probar un día a hacerlo. Os metéis en una cueva, o en el cañón de un río e intentáis avanzar solo unos metros con los ojos cerrados. Tardareis como una hora en avanzar esos pocos metros y acabaréis completamente magullados, si es que sobrevivís. Esto es lo que tuve que pasar yo, y lo más liviano que me ocurrió fueron dos o tres golpes en la cabeza que me hicieron sentir como si me hubiera interpuesto en la trayectoria de una campana gigante tocando a misa mayor, y me produjeron heridas sangrantes, aparte de extrañas visiones de Higgins y Graham vestidos de blanco cegador y tocando sendos clarinetes. Y lo peor fueron las caídas que sufrí. Como no podía ver nada, cuando perdía pie no sabía si el vacío tenía un palmo o diez metros, es decir, que no sabía si iba a romperme el cuello.

Tenía golpes, erosiones y heridas por todas partes, y estaba empapado en una mezcla de sudor y sangre. Avanzaba sin saber si el siguiente paso iba a ser el último, si el nuevo golpe iba a resultar mortal. Y siempre tratando de conservar la orientación y no ponerme a avanzar en dirección contraria, lo que habría sido perfectamente posible. Me estremecía al imaginar que tras recuperarme de alguno de los golpes, invertía el sentido de la marcha y me dirigía, con los ojos cerrados, directamente al precipicio al que acababa de sobrevivir.

El suplicio se prolongó por un tiempo que me pareció inacabable, hasta que por mis manos supe que había llegado al final de mi hilo conductor. El sedal se había acabado. La entrada de la cueva tenía que estar cerca, pero no lo bastante como para poder encontrarla a ciegas. Podía seguir avanzando y dejar pasar las ramificaciones por las que debía entrar. De esta manera, en lugar de aproximarme a la salida, me internaría profundamente en el seno de la montaña. No, a partir de allí no había nada que hacer. No tenía luz ni guía, no podía seguir avanzando. Me detuve en la espantosa oscuridad y el silencio me dio miedo. Hasta ese momento no había dejado de escuchar mis propios jadeos y el rumor de mis pisadas sobre la roca. Pero ahora que me había quedado inmóvil, el silencio se transformó en algo más opaco, más duro y más inflexible que la propia pared de roca. Algo tan rotundo, tan absoluto, que amenazada con tragarme.

¿No había nada que pudiera hacer? De pronto se me ocurrió una idea. Las paredes de la cueva, en los primeros metros, tenían aquellas marcas, como de pinturas rupestres que hubieran sido arrancadas. Si fuera capaz de identificarlas al tacto, sabría que estaba en el buen camino. Probé durante un rato, sobando la pared con desesperación, pero no fui capaz de dar con ninguna marca, no iba a tener esa suerte. Además, me daba pánico, ahora que no tenía el sedal para guiarme, meterme en el camino equivocado.

Así que me detuve nuevamente, y nuevamente el silencio era como un manto negro que me devoraba. Me senté, me quedé muy quieto, necesitaba descansar. Me estremecí al darme cuenta de que agradecía aquel momento de respiro, porque se trataba de un sentimiento de resignación que podía llevarme a aceptar el fracaso.

Con toda claridad, y he de decir que con toda serenidad, se formó en mi mente el convencimiento de que iba a morir. Se trata de un pensamiento muy raro, diría que antinatural, para alguien de solo veintiún años. Pero en cualquier caso era una conclusión nada dudosa, porque realmente no había nada más que yo pudiera hacer. Mis ojos nunca se adaptarían a aquella negrura, y aunque lo hicieran daba igual, porque estaba perdido en medio de un laberinto. Y lo peor era que mi muerte no iba a ser rápida. Me iría debilitando lentamente, muy lentamente, hasta desfallecer de hambre y sed, pero eso podría tardar varios días. Sabía que alguien puede permanecer sin comer durante más o menos un mes, siempre que disponga de agua. Por suerte no era ése mi caso, porque mi cantimplora había caído por el precipicio junto al resto de las provisiones, pero aún y así me aguardaban varios días de agonía en aquella tumba gigantesca y silenciosa.

Nadie vendría a buscarme porque nadie sabía que yo estaba allí. En la recepción se limitarían a creer que me había ido sin pagar, así que además moriría con fama de moroso. En cuanto a Graham y su hija, considerarían que después de mi intervención poco brillante en la cena, había decidido abandonar mi empresa. Nadie me echaría de menos.

Ya sabéis, las dichosas decisiones y sus riesgos. Yo había tomado libremente las mías, todas ellas poco prácticas y dictadas por una idea creo que adolescente de cómo quería que fuera mi vida, de lo que yo quería ser. Las decisiones son así, nadie las puede tomar por ti. Y resulta que a menudo te sorprendes pensando "si no hubiera hecho esto o lo otro, esto no habría pasado".

Cada decisión que tomas te cierra definitivamente algunas puertas, cada una de esas decisiones va trazando tu camino en la vida. Hasta aquel momento yo creía haber tomado las correctas, pero estaba equivocado porque, según todas las evidencias, aquellas decisiones me habían llevado a los pies de una muerte prematura.

Y, después de este análisis, no tuve más remedio que considerar bajo una nueva luz las alternativas, es decir, las opciones que en su momento había rechazado. Desde luego, era mucho mejor llevar la contabilidad de una óptica que ser un montón de huesos esparcidos en el fondo de una cueva, que es en lo que yo me iba a convertir dentro de poco. Después de todo —pensé— la contabilidad tiene también sus aspectos creativos e interesantes. Cuadrar un balance, por ejemplo, podía ser un trabajo realmente estimulante. Incluso las labores tras el mostrador. Me imaginé, por puro ejercicio teórico, cómo podría haber sido mi vida con Rosa si me hubiera doblegado a todas sus pretensiones, y, dadas las circunstancias, no me pareció tan horrible. Después me dejé llevar por asociaciones de ideas y pensé en otras vidas posibles para mí, en otras ocupaciones y otros oficios. Me imaginé de camarero en Benidorm y compuse mentalmente una lista de tapas calientes. Después la recité, como si estuviera atendiendo en una mesa: calamares, chipirones, boquerones, mejillones, pulpo al ajillo, almejas, sepia con mayonesa...

Pasé un buen rato ocupando mi mente con estas y otras fantasías hasta que se me agotó la imaginación, y lo único que conseguí fue que me entrara un hambre atroz. Entonces, al haber permanecido tanto rato inmóvil, comencé a sentir frío, y con el frío un miedo intenso. Miedo ante la arrolladora muerte, que se aproximaba.

Entonces me puse a rezar, y recé a todo lo que recordaba haber leído u oído que era santo. Recé pidiendo un milagro, suplicando que de una manera u otra pudiera salir de aquel lugar espantoso aunque para ello la montaña tuviera que partirse en dos, lo que, teniendo en cuenta la importancia de lo que estaba en juego —es decir, mi vida— no me parecía muy exigente, especialmente cuando algo no muy distinto ya había pasado antes con el Mar Rojo. De forma más bien milagrosa, acababa de recordar oraciones de la infancia que tenía olvidadas y las recité todas ellas, compulsivamente, con la desesperación de los condenados.

Después de eso caí en una fase más angustiosa, una fase en la que mi próximo final me parecía mucho más cercano, mucho más cierto, mucho más inevitable. Fue una fase de rechazo, pero ya no racional y analítico, sino directamente histérico y puramente animal. Y entonces, lo mismo que los cerditos que son llevados a rastras al matadero, lo mismo que las víctimas cuando ven al matarife, me puse a chillar. Grité desde la profunda negrura, pidiendo auxilio lo mismo que un náufrago abandonado en la soledad del mar. Aún a sabiendas de que nadie podía oírme, grité y grité hasta quedarme ronco, en el último estertor de rebeldía de un hombre joven, apenas un muchacho, que no estaba preparado para abandonar el mundo.

Y resulta que alguien escuchó mis gritos. Percibí una voz que gritaba también, desde muy lejos. Una voz que me llegaba apagada pero clara, y que parecía una respuesta. Volví a gritar y la voz volvió a contestar, y ahora ya no me cabía duda de que, quien quiera que fuese, se dirigía a mí. Me moví lenta y dolorosamente, pues mis heridas se habían enfriado y estaba entumecido, y traté de aproximarme al lugar del que creía que venía el sonido. No dejaba de gritar y la voz tampoco dejaba de contestar. Después de algún tiempo de marcha conseguí identificar lo que decía: "Aquí, aquí...". Era la voz de una mujer. No podía entender qué habría venido a hacer nadie a aquel rincón solitario, pero desde luego no me importaba. Lo único que quería era vivir.

Poco a poco me fui acercando a la voz hasta que vi sobre mi cabeza un punto de una luminosidad difusa y se me escapó un largo y profundo suspiro al darme cuenta de que me había salvado. Me dirigí hacia la luz y entonces distinguí, recortada contra un cielo ya crepuscular, la silueta de aquella mujer. Una mujer que no cesaba de lanzar su mensaje de salvación. Recuerdo que vestía un vestido de algodón claro, bajo el cual se transparentaba una silueta esbelta. Casi hacia ella alimentando una dulce sospecha, hasta que reconocí a Diane. Era Diane quien había venido al infierno para sacarme de él. Era Diane quien me había regalado una nueva vida, quien había puesto en mis manos una segunda oportunidad para experimentar el gozo de vivir y sentir. No dije palabra alguna, solo me abracé a ella como si fuera al mismo tiempo mi amiga, mi madre, mi amante y mi dios. Lo mismo que un niño que acaba de nacer, no podía dejar de llorar. La sentí, dulce y caliente contra mi pecho, mientras mis ojos, muy abiertos, se saciaban del mundo y se llenaban con aquel lento crepúsculo del mar inmenso, todo aquello que pensé que ya nunca más volvería a vivir.

—¿Por qué has venido? ¿No te advertí? —me preguntó, como una madre regañona, pero sus palabras me parecieron la música más dulce.

Me separé de ella y me senté en una roca. Aquella pregunta me devolvió a mí mismo, me recordó quién era, por qué había bajado a la cueva. Todo eso lo había olvidado.

—Tengo un plano —respondí.

Ella ya había oído a su padre hablar de mi plano, pero por lo visto no le había prestado crédito y, a juzgar por la cara de asombro que puso, no creía que realmente aquel plano, al que ellos se referían como algo singular y valioso, pudiera estar en mis manos.

—No es posible. Nadie conoce esta sima por dentro —replicó.

Entonces saqué el plano del bolsillo y se lo entregué. Ella lo examinó cuidadosamente.

—¿De dónde lo has sacado? —preguntó, alzando hacia mí unos ojos sorprendidos.

—Esos brutos que registraron mi habitación del hotel... —dije, sin responder a su pregunta— Estaban tratando de localizarlo. Y eso significa que saben que lo tengo, y que hay más gente buscando la tumba.

Ella dejó transcurrir un instante. Después añadió en voz baja:

—Ya lo sé.

Me quedé patidifuso.

—¿Ya lo sabes? ¿Qué es lo que sabes? —pregunté.

Pero ella no contestó, sino que se encerró en el seno de un profundo silencio del que yo sabía que no podría sacarla.

—Volvamos al pueblo —propuse entonces.

Ella echó una rápida ojeada al paisaje casi negro.

—¿Funciona tu linterna? —preguntó.

—Ya no la tengo —respondí.

—Entonces no podemos bajar. Esta noche no habrá luna.

Me fijé en el mar, que conservaba solo una última chispa del resplandor del crepúsculo.

—¿Qué significa eso? —pregunté, alarmado.

—Que tendremos que esperar hasta el amanecer —respondió Diane.

ooOoo

Bastante cerca de la boca de la cueva había una fortaleza defensiva del siglo XVIII. Estaba abandonada y medio en ruinas, pero conservaba la cubierta en algunas de las estancias. Diane me condujo hasta una de ellas, que tenía una pequeña chimenea, y encendió un fuego. Después sacó de su cesta un termo con café caliente y me sirvió una taza.

Agradecí el olor y el sabor familiar del café y lo bebí despacio mientras contaba a Diane los horrores que había pasado abajo, en la cueva, y ella me escuchaba largo rato en silencio, con un rostro grave e inmutable.

Cuando terminé mi relato, no hizo comentario alguno y apartó de mí la mirada, refugiándola en el fuego. Me pareció que quería decir algo y se inhibía, y yo, desconcertado ante tanto misterio, quise respetar su silencio.

—¿Cómo te sientes ahora? —preguntó al fin.

—Desorientado —respondí—. Vine aquí en busca de un descubrimiento científico, y de pronto me encuentro metido en... en algo que no sé manejar.

Ella calló de nuevo. Me fijé en su mirada huidiza y me di cuenta de que ocultaba algo.

—¿Por qué no me dices lo que sabes?—pregunté de pronto.

—¿Por qué no me dices lo que sabes tú? —preguntó a su vez, mirándome con una expresión de lejano desafío.

La pregunta me sorprendió. Pensaba que yo era el único que no sabía nada.

—¿Yo? Yo estoy hecho un lío. No sé qué podría decirte que sea nuevo para ti.

Pero ella insistió. Al parecer había algo que le interesaba mucho.

—¿Cómo encontraste ese plano?

Valoré su actitud: ella conocía muchos secretos que me afectaban, pero por lo visto había algo que no le encajaba.

—Alguien me lo envió —respondí—. En un sobre anónimo. No sé más del asunto.

Meditó un instante, durante el cual parecía estar atando los cabos de una trama que yo no atisbaba a entender.

—¿Quién crees que pudo ser? —preguntó.

—Bueno, alguien quiere que encuentre esa tumba, pero no sé quién, ni por qué... Y Ahora habla tú —pedí.

Me miró con aparente sorpresa.

—¿De qué?

—¿Quién es el que anda detrás de la tumba? ¿Quién dibujó el plano?

Ella no se inmutó al responder.

—Lo dibujé yo —declaró.

Sí, como lo habéis oído. Aquel plano que alguien me había metido en el buzón, el mismo que por poco me quita la vida al conducirme al desfiladero, lo había dibujado Diane. Estaba metida en aquello hasta el cuello y para mí todo se hacía cada vez más confuso.

—No entiendo.... —declaré— Cuéntamelo todo. Dime quién eres en realidad.

Pero ella bajó la cabeza y respondió tristemente.

—Tendrás que preguntárselo a mi padre.

Reconozco que esto agrió mi humor. No sé, creo que haber estado al borde de la muerte me había vuelto algo más brusco.

—¿Tu padre? —chillé— Diane, vives totalmente dominada por ese hombre... Ese hombre lleno de manías.

Ella se revolvió hacia mí. De pronto parecía haber recobrado la energía.

—No lo juzgues. Tú no sabes nada.

—Es imposible saber nada de ese tío. Está claro que no le gusta la gente.

—Habla con él. En realidad necesita ayudarte —fue su sorprendente respuesta.

Me quedé mirándola, una muralla de silencio. Estaba asustada.

—¿Por qué tengo la sensación de que eres incapaz de tomar tus propias decisiones? —pregunté, con una punzada de rabia.

Ella se aproximó a una ventana y me dio la espalda para mirar la marejada y la noche. Estaba llorando y yo no supe qué hacer. Durante unos minutos, al salir de la cueva, la había amado, pero ella no dejaba de marcar la distancia, al fin y al cabo yo no era más que un extraño. No podía entrar en su vida por las buenas, emborracharme en su casa como un idiota, perderme en la cueva como el campeón de los torpes, echarme en sus brazos llorando a moco tendido y después de esta exhibición de mis cualidades, pretender que ella sintiera algo por mí.

De todos modos consideré que necesitaba un poco de aliento y que debía devolverle algo del calor y la seguridad que me había proporcionado ese día. Así que me acerqué a ella y la abracé.

—Lo siento —susurré a su oído.

Ella asintió sin palabras y se deshizo amablemente de mi abrazo. Se secó las lágrimas y entonces volvió a sentarse mansamente junto al fuego. Permanecí junto a la ventana, mirándola. Era evidente que me estaba rehuyendo, pero yo no quería ni necesitaba acosarla, mi papel no era ése. Después de estar tan cerca de la muerte, tenía la sensación de que mi alma se hubiera lavado y mis emociones eran como las de un niño. Allí, mientras la miraba, traté de averiguar qué había dentro de mí, si mis sentimientos de unas horas antes persistían, si realmente aquella amalgama de sensaciones donde se encontraban la atracción física, la curiosidad y el agradecimiento, si todo aquello era realmente amor.

ooOoo

Abrí los ojos y vi la claridad tras los ventanales de la vieja fortaleza. Diane estaba echada junto a mí. Habíamos pasado la noche tendidos en el suelo y esto, dormir sobre adoquines, era justamente lo que necesitaba después de mis golpes y chichones de la cueva para que me dolieran todos los huesos sin excepción. Creo que volví a quedarme dormido en seguida, porque volví a despertar con un golpe seco y duro en plena espalda. Abrí los ojos y vi en las alturas, como ángel exterminador, al sádico Graham, que acababa de sacudirme con la muleta.

—¡Levántate! —clamó.

—¡Padre...! —intervino Diane, que acababa de despertar, y estaba aterrorizada.

—Tú calla —atajó el bestia, sin dejar de clavar en mí unos ojos como tizones encendidos.

Me puse en pie con un esfuerzo increíble y entonces Graham alzó su muleta como si fuera un gigantesco dedo acusador, empujándome con ella hasta arrinconarme contra la pared. Entonces se fijó en el plano, que reposaba sobre el suelo, y lo recogió. Lo examinó durante solo unos segundos, y, sorprendentemente, se echó a reír.

—Ah... El plano... Vuelve a mí —comentó, con cierto aire irónico.

De nuevo pensé que el tipo aquél estaba loco, pero lo que hizo a continuación me confirmó que en realidad necesitaba una camisa de fuerza y una caja de valium: sin dudarlo, echó el plano a la chimenea, donde se mantenía aún el rescoldo del fuego, y en un momento el papel, junto a su valioso contenido, se esfumó.

—¿Por qué ha hecho eso? —protesté, nada más recuperarme del estupor.

El tipo me dirigió una mirada demente.

—Si te vuelvo a ver cerca de mi hija te mataré —chilló de modo tan convincente que le creí.

Sin más protocolos, agarró por el brazo a Diane y salió tirando de ella. Los miré marcharse ladera abajo, bañados por el sol de la mañana, caminando bajo las gaviotas que iban y venían. Aquellos dos con su misterio, con su silencio. Aquellos dos seres singulares guardando a todo trance su secreto.

Y sentí que tenía un nuevo problema que sumar a la calamidad en que se había convertido mi vida, porque desde aquella noche me sentía unido a Diane. Ella era muchas cosas a la vez: una mujer bellísima, un enigma que me desafiaba, una pésima conductora, pero sobre todo la persona que me había extendido la mano cuando estaba muerto y me había devuelto a la vida. No sabía qué era lo que sentía por ella, pero sí que, fuera lo que fuera, era inmensamente más fuerte que lo que nunca había llegado a sentir por Rosa. Pero Diane estaba atada al histérico de Graham, y la locura de ese tío, que normalmente me la debía traer al fresco, ahora era también mi problema.

Me había quedado solo otra vez, pero ahora en un universo amigo, con luces y colores. Inicié con lentitud los movimientos precisos para sentarme y lo conseguí un rato más tarde. Entonces me fijé en el termo, que aún tenía café, y me serví una taza. El mundo estaba lleno de sol y me llegaban los sonidos del mar y del aire. Todo me pareció nuevo y rebosante de vida y optimismo. Como la mañana anterior, al escuchar los sonidos de la calle, pero ahora a lo bruto. Probé el café, y me supo como el mejor que había tomado nunca. Sí, claro, todo aquello era la alegría de estar vivo, la alegría de formar parte de aquel mundo que desbordaba energía.

Y me sentí... ¿cómo explicaros...? Después de lo que me había pasado era otra persona. Estaba demasiado metido en las tripas de aquella aventura como para abandonarlo todo y volver a la ciudad. De alguna manera que no me es fácil explicar, en lugar de sentirme asustado, o superado por los acontecimientos, me sentía por fin como un auténtico aventurero, como un hombre salvaje capaz de percibir la tensión del peligro como un placer. Había estado a punto de morir, me enfrentaba a un desafío imposible, estaba amenazado por una banda de matones, acababa de dejarme apalear por un viejo tullido, y todo eso, en lugar de amedrentarme, se había transformado en pasión. Mientras sorbía lentamente el café, me di cuenta de que el deseo de saber, la necesidad de penetrar aquel misterio, eran más fuertes que el miedo. El miedo no me había abandonado, venía conmigo, pero era poco más que una palabra, un sentimiento aplastado por el peso de la obsesión que ahora sentía. Sí..., por algún procedimiento inexplicable, había cambiado y, según me pareció, había la misma distancia entre el gordito Palazón y el Fernando que vino a Los lobos, que entre éste último y la persona que yo era en aquella mañana, en las ruinas de la vieja fortaleza costera.

Tenía mucho que hacer y estaba resuelto a hacerlo. Debía averiguar quién me había enviado el plano en un sobre anónimo y por qué. Tenía que enterarme de cuál era la relación de Graham y Diane con el plano, cuál era el secreto que me ocultaban. Y debía saber quiénes eran y para quién trabajaban los brutos aquellos que me espiaban.

Terminé el café e inicié cuidadosamente el proceso de ponerme en pie, lo que efectivamente conseguí. Entonces me asomé al universo pululante que me rodeaba y experimenté un sentimiento de alegre plenitud al salir al sol y sumergirme en él como una más de sus criaturas.

oooOooo

VI
LA INSCRIPCIÓN

Entré en mi habitación y comprobé que todo estaba como lo había dejado. Curioso, los bandidos me concedían un respiro.

Como un tranquilo oficinista, me dirigí al calendario y tracé un círculo rojo alrededor del jueves. Solo dos días para la comparecencia ante el tribunal —pensé—. Entonces miré a mi Isis, como preguntándole, o preguntándome, qué me pasaba. Por qué estaba aún allí, por qué no me había marchado, cuál era la razón de mi repentino furor. Y por fin lo entendí. Por encima de todas mis dudas de esa mañana, el problema que tenía era el más viejo y más simple del mundo: me había enamorado. Solo eso podía explicar el impetuoso deseo que sentía de volver a ver a Diane. Toda aquella decisión, incluso toda aquella agresividad que creía haber experimentado, estaban dedicadas a Diane. Desvelar misterios, descubrir secretos, vengarme de mis enemigos, incluso descubrir la tumba, no eran ya fines en sí mismos, sino el camino que esperaba que me condujera hasta ella.

Entonces me dije que ya que era tan aguerrido y tenía tanta determinación, debía decidir cuál sería mi próximo paso, y se me ocurrió que si aquellos tíos de la barba me estaban espiando quizá pudiera tenderles una pequeña trampa.

Puse a funcionar mi grabadora y dije en voz bien alta y clara:

—Creo que tengo una idea de dónde está la tumba. Esta tarde iré a la playa de la Carolina. Estaré allí a primera hora. Espero tener suerte.

Dejé la grabadora bien visible sobre la mesa y después me fui al pueblo, a tomar un café y a preguntar dónde estaba aquella playa, que solo conocía por un folleto turístico. Debía dejar la habitación libre durante un buen rato para asegurarme de que quien quisiera entrar pudiera hacerlo.

Me acerqué a la playa dando un paseo, y a las tres de la tarde estaba perfectamente emboscado tras unos matorrales, muy contento de haber adoptado por primera vez la iniciativa aunque nada seguro de que los furtivos picaran el anzuelo, y menos aún de lo que debía hacer si aparecían: seguirlos, apalearlos, insultarlos, advertirles muy seriamente...

Pero tuve suerte. No pasó mucho tiempo hasta que vi acercarse cautelosamente por el camino un vehículo todoterreno que conocía muy bien. Era el transporte de mis dos amigos, el armario con patas y el bizco, el mismo que habían utilizado para llevarse los tesoros del barranco de las cabras. Se detuvo antes de llegar a la playa pero de él no salió nadie. Estaban vigilando.

Bueno, ya no me cabía duda alguna de que los furtivos me seguían los pasos y de que, curiosamente, paraban por mi habitación más que yo mismo. No me habría sorprendido encontrar a alguno de ellos roncando en mi cama o cepillándose los dientes con mi cepillo.

Vale, había averiguado algo. La duda era qué hacer ahora. Podía salir de mi escondite y partirles la cara, puede que torturarlos hasta que empezaran a cantar, o bien podía permanecer oculto y no desvelar aquella pequeña ventaja de haberme convertido de presa en cazador.

Estaba tratando de decidirme cuando me llevé una descomunal sorpresa al ver que un nuevo vehículo se acercaba por el camino, despacio, pero no sigilosamente, porque hacía más ruido que un carromato de feria cargado de sartenes y con los ejes oxidados. Sí, en efecto: Era la furgoneta-chatarra de Diane.

¿Qué estaba haciendo allí? ¿Se disponía a tomar el sol, o estaba conchabada con los furtivos? Pronto lo iba a averiguar.

Para mi gran decepción, observé cómo Diane se detenía junto al todoterreno, descendía y se dirigía a los que estaban dentro. Entonces salió por fin el furtivo bizco, y al verlo casi volví a sentir de nuevo los puñetazos y patadas que me había propinado unos días antes.

No podía creerlo. Diane, a quien debía la vida, la mujer a la que amaba, en amena tertulia con mis enemigos. Sabía que ella escondía un secreto, pero nunca pensé que éste llegara tan lejos ni fuera tan turbio.

Ni idea de lo que hablaron, pero el caso es que los furtivos arrancaron su vehículo y desaparecieron. Ella se demoró un poco viéndolos alejarse y entonces montó en su trasto y se puso a maniobrar para salir de la playa.

Cuando me aseguré de que el todoterreno había desaparecido, salté de mi escondite y me planté ostentosamente en medio del camino, cerrando el paso. La furgoneta se acercó despacio, como una vieja locomotora medio muerta, y pude comprobar el gesto de sorpresa de Diane.

Metió el freno, apagó el motor y se me quedó mirando, pero no salió. Aparentemente no sabía qué hacer, y se me ocurrió que, como un cangrejo ermitaño, prefería permanecer protegida en el interior de su concha. Entonces me acerqué y me asomé a la ventanilla.

—¿Qué está pasando aquí? —pregunté imperativamente, a voz en grito y sin mediar saludo.

—Quieren el plano —contestó ella, sin sobresaltarse.

—¿El que quemó tu padre?

Diane asintió.

—¿Los conoces? —pregunté, en referencia a los furtivos— ¿Por qué no me habías dicho nada?

Creía que era una pregunta difícil que iba a hacerla titubear, pero ella no dudó.

—Porque es mejor para ti.

Sí, de nuevo aquel tono de madre, mezcla de superioridad y misterio. Un tono del que, la verdad, ya me estaba cansando.

—Esto es el colmo —chillé— ¡Estoy harto de todos vosotros!

Puesto que ella no iba a aclararme nada, me di la vuelta y eché a andar por el camino. Enseguida escuché como el viejo trasto comenzaba a rugir, se ponía en marcha y me seguía hasta ponerse a mi altura.

—Espera ¿A dónde vas? —preguntó Diane, sin soltar las manos del volante.

Yo no me detuve. Continué caminando diría que con furia. La cosa aquella que rodaba a mi lado parecía una enorme mascota mecánica.

—¡A la cueva! —grité, con un convencimiento completamente irracional que a mí mismo me sobresaltó.

Ella pareció alarmada.

—No lo hagas. Te perderás y no siempre estaré allí para ayudarte —advirtió.

Ordenes, prohibiciones. Pero sin una sola razón... Sin una explicación ¿comprendéis? Algo difícil de aguantar.

—Cállate... —chillé— No eres mi madre.

Quizá para compensar mi rugido, Diane respondió débilmente.

—No, pero yo te...

No terminó la frase. Me detuve, y ella detuvo también la feria ambulante. La miré a los ojos.

Diane apagó el motor, descendió por fin y vino junto a mí.

—¿Qué ibas a decir? —quise saber.

Vi cómo bajaba tímidamente la cabeza.

—Nada... —musitó, en un tono apenas audible.

Durante unos momentos nos mantuvimos en un silencio pesaroso. Yo esperaba que ella se adentrase en ese camino, que me hablase claramente de sus sentimientos, pero el instante mágico parecía haber pasado como un soplo de viento. Algo la detenía.

—Fernando —añadió, con otro tono de voz—, ese descubrimiento se está transformando en una obsesión.

Vaya. De todos los temas posibles el que menos me interesaba ahora, y el que menos esperaba, era la charla moralizante y el elogio de las buenas costumbres que tantas veces en mi vida había tenido que escuchar.

—Espera, espera un momento. Ya tengo bastante con Rosa... —se me escapó.

Ella puso cara de sorpresa.

—¿Rosa...? —repitió.

Traté de dar marcha atrás como pude.

—Bueno, olvídalo. Ella es... era...

Pero Diane no prestó atención, ni se mostraba dispuesta a dejarse desanimar. Parecía empeñada en una especie de psicoterapia campestre.

—Has convertido esa empresa en tu aventura personal ¿verdad? —preguntó, en un tono realmente acusador que sugería que el ansia de aventura era algo tan censurable como robar bisutería en El Corte Inglés.

—No es una aventura —protesté—. Es una investigación.

—Eres igual que mi padre... —comentó ella por toda respuesta, y he de decir que sorprendentemente porque la comparación con aquel maníaco era un agravio que yo no creía merecer.

—¿Qué...? —fue lo único que se me ocurrió decir. Poco ingenioso, pero muy sentido.

—...Y puedes terminar como él —completó Diane, indiferente a mis gestos de espanto.

Os confieso que estaba realmente ofendido. Habría preferido que me comparasen con un asesino en serie antes que con aquel cojo que destrozaba platos seguramente como entrenamiento para hacer lo mismo con las personas.

—Oye ¿En qué me parezco yo a tu padre? Ese hombre es un bestia. Que yo sepa no he pegado, ni he amenazado. Lo único que he hecho es recibir palizas, muletazos, insultos y amenazas de muerte.

Ella no se inmutó, sino que continuó fiel al hilo de sus pensamientos, como si mi defensa le importase un pimiento.

—Él buscaba riqueza. Tú buscas la fama. Son dos formas de egoísmo —declaró, con sorprendente firmeza.

Me quedé planchado. Nunca se me había ocurrido verlo de esa manera, ni considerar que hubiera que situar mis aspiraciones profesionales, que consideraba honestas, en el mismo nivel que el robo de antigüedades. Y, visto lo visto, parecía claro que yo tenía unas dotes peculiares para el amor. Me había enamorado primero de una chica enferma de cordura y más tarde de otra que no solo estaba como una chota, sino que además se creía una reencarnación británica del Dr. Freud.

—Te consideras un iluminado que tiene toda la razón. Deberías cambiar o te pasará algo malo —insistió Diane, como si en vez de bajar de su chapa vieja hubiera descendido de la cátedra de psicología de la Universidad de Viena.

Esto último me hizo reír, pero la risa me causó pinchazos en mis doloridas costillas.

—Ya me está pasando algo malo —declaré, con la indignación que requería el caso—. Me persiguen unos amigos tuyos con puños como pedruscos, tu padre me ha apañado bien las costillas y...

—Será algo mucho peor —aseguró ella, en plan pitonisa.

No tenía ni un hueso, ni un músculo, ni un tendón sano, acababa de estar a punto de morir colgando de un precipicio que carecía de fondo, y más tarde de hambre y sed en una galería totalmente negra. Después de darme todos los coscorrones imaginables, mi primer contacto con el mundo exterior había sido un recio bastonazo en el costado seguido de una amenaza de muerte muy sentida, por no mencionar el ataque a la propiedad privada que representaba la incineración de mi plano. El armario con patas y el bizco rubicundo habían violado repetidamente mi habitación y, por supuesto, estaba a punto de perder mi empleo, a todo lo cual debo añadir que la mujer que amaba porque la creía absoluta y gloriosamente diferente a todo lo que había conocido, me estaba encasquetando una homilía sobre el sentido recto de la vida, algo que según todo el mundo, Diane incluida, yo no tenía y al parecer no podría tener nunca. En estas condiciones decir que podía pasarme algo malo, quiero decir, algo no previsto en el anterior catálogo, me parecía un puro sarcasmo.

—¿Algo malo? ¿El qué, por Dios?

—Si no encuentras la tumba, no serás capaz de tragarte tu fracaso. Te harás viejo pensando en cómo podría haber sido —respondió Diane.

—Y tú ¿cómo sabes tanto? —me burlé, aunque con poco convencimiento, porque con una sola frase ella había puesto auténticamente el dedo en la llaga.

Se detuvo un instante, como si le doliera lo que tenía que decirme.

—He visto cómo sucedía —contestó, sus ojos desprendiendo una sabiduría antigua, ese tipo de sabiduría que no se adquiere en los libros y que tampoco es posible transmitir a otros.

No contesté. Entonces ella añadió:

—Habla con él y ofrécele un trato. Él conoce el camino. Nadie se ha acercado tanto a la tumba.

ooOoo

"Nadie se ha acercado tanto a la tumba". Las últimas palabras de Diane resonaban en mi mente como un conjuro cuando me dirigía una vez más a la tienda de antigüedades. El misterio crecía y, a pesar de las dificultades, a pesar del peligro, a pesar de mis equivocaciones, sentía que me estaba acercando.

Encontré a Graham rumiando su soledad en una mecedora en el porche de su casa. Me acerqué temeroso, sin perder de vista sus muletas, que descansaban a un lado, por si le daba por arrearme de nuevo.

Al verme alzó una ceja y me dedicó una mirada hostil.

—¿Qué hace aquí? —preguntó hoscamente.

Curioso: yo me hacía la misma pregunta. Pero contesté como si no fuera así.

—Oiga, Graham, necesito encontrar la tumba. Tiene que ayudarme. Lo de anoche... —hablaba en un tono conciliador que me costaba horrores mientras trataba de olvidar sus fieros bastonazos.

—Es usted una persona muy impertinente —me interrumpió con su habitual sequedad— ¿Nunca se lo han dicho?

Hice memoria y respondí con sinceridad.

—Sí, varias veces.

Graham dejó de columpiarse en su mecedora y me lanzó una mirada sulfúrica que supuse preludio de una nueva rociada de amenazas, insultos y advertencias. Y, en efecto, así fue:

—Yo de usted me marcharía del pueblo y me olvidaría de que existe esa tumba. Dedíquese a alguna de las otras cosas que hacen los arqueólogos. Trabaje en otros yacimientos. Con el tiempo agradecerá usted este consejo.

Tal cual. Tenía dos opciones: seguir sus indicaciones como manso conejillo de peluche o ponerme a suplicarle servilmente (también como manso conejillo de peluche) a aquel villano que acababa de molerme las costillas.

—No pienso irme... O más bien no puedo —declaré, con un tono demasiado confidencial para mi gusto.

Esta vez Graham me sorprendió mostrando algo de interés por mí. Es que aún no conocía mi faceta dramática.

—¿Cómo dice? —preguntó, frunciendo el ceño con curiosidad.

—La tumba se ha convertido en algo personal —añadí, tomando prestado el discurso de psicología clínica de Diane.

Sin recibir una invitación, me senté en un taburete. Próximo, pero lejos de su alcance, por si acaso.

—En realidad no tengo a dónde ir —me oí decir, incluso en un tono lastimero que hasta a mí mismo me avergonzó.

No había planeado todo aquello, ni mi tono ridículo, ni mis acongojadas palabras. Me había sentado junto a aquel matarife frustrado y había comenzado a hablarle como si fuera un cura bueno dispuesto a escuchar todas y cada una de las paparruchas que quisiera contarle mi alma joven.

El ataque de agresividad que esperaba se presentó en seguida. El anticuario, en lugar de compadecerme como es debido, se incorporó en la mecedora y chilló:

—¿Sabe por qué estoy cojo? ¡Yo intenté entrar, pero la cueva tiene una maldición!

¿Una maldición? "Vaya, lo único que necesitaba esta historia era un manojo de brujas desocupadas lanzando conjuros por los rincones", pensé.

—Vamos, vamos... —comenté con escepticismo, al mismo tiempo que me retiraba sutilmente en el taburete y vigilaba de reojo sus muletas.

—Pasé meses recorriendo las cuevas hasta encontrar una galería cerrada y sellada, con una inscripción sobre la piedra —continuó, y al escucharlo tuve la sensación de que acababa de abrir una puerta a aquel sordo misterio. Por fin me estaba enterando de algo.

—Perdone, pero creí que estábamos hablando de un yacimiento arqueológico, no de una fantasía —objeté, en parte porque lo creía así, y en parte porque me parecía la fórmula apropiada para tirarle de la lengua.

Efectivamente. Graham se puso de pronto en pie y echó mano a sus muletas. Estaba rojo de ira y al principio creí que iba a apalearme otra vez, pero por suerte se limitó a avanzar enérgicamente hacia la entrada. En el vano se volvió hacia mí.

—¿Qué hace ahí parado? Sígame. —ordenó.

Me condujo escaleras abajo, por entre los deshechos que él llamaba antigüedades, hasta una especie de sótano penumbroso que olía a aceite rancio. Rebuscó en una alacena y sacó un sobre que me entregó con violencia.

—¡Ábralo! —ordenó con un chillido más bien cuartelero.

Obedecí en seguida. El sobre contenía un dibujo que examiné con atención. Era un plano de las galerías subterráneas, pero trazaba una ruta distinta de la que yo había seguido.

—No es igual que el que... el que usted quemó —constaté tímidamente.

—Ya lo sé. El otro era falso —respondió tan campante—. Lo hice dibujar a Diane para despistar a unas personas. En realidad me habría gustado enterarme de que alguno de ellos se había despeñado por la sima.

Al escuchar aquellas palabras no pude evitar un escalofrío.

—¿Está diciendo que era un plano intencionadamente falso? ¿Una trampa? —pregunté, recordando mi caída por el precipicio y mascando una sensación de espanto retroactivo.

—Naturalmente... —admitió Graham, altivo, como si sus instintos homicidas fueran un motivo de orgullo— Algunos dicen que con la edad la capacidad de odiar se va disipando. A mí me ocurre lo contrario.

Me quedé mirándolo, mitad admirado, mitad horrorizado, como al loco que era.

—Me podía haber pasado a mí —protesté.

—Desde luego —admitió Graham, con escalofriante indiferencia—. Parece usted especialmente torpe. No sé cómo llegaría a sus manos aquel plano, pero podía haber sido su sentencia de muerte.

Me quedé mudo, evocando de nuevo mis horribles momentos en el precipicio.

—Mire, le diré lo que haremos —añadió Graham—. Bajaré con usted a la cueva y le guiaré hasta la entrada de la cámara funeraria. Verá que hay un derrumbamiento y que es imposible ir más allá, y después se irá de aquí y no volverá nunca ¿De acuerdo?

La idea de volver a bajar a la cueva me puso los pelos de punta, especialmente si debía ir acompañado por aquel salvaje. Pero también me sorprendió su brusco cambio de actitud y me sentí obligado a sacarle partido.

—¿Cómo sabe que puede confiar en mí? —pregunté con suspicacia.

A Graham se le escapó un gruñido que pretendía ser una risa.

—Es usted un niño y cree que está jugando a un juego de niños. Pero no es así. Este asunto es de adultos.

Permanecí unos momentos tratando de desentrañar el significado de una expresión tan críptica. Pero no lo conseguí.

—¿Y eso qué quiere decir? —pregunté como un bobo.

Graham me dirigió una mirada de desprecio.

—Que hay demasiado en juego y que no necesito confiar en usted, porque si me traiciona lo mataré. Y me quedaré tan tranquilo ¿Lo ha entendido ahora?

Como os podéis imaginar, lo había entendido, incluso demasiado bien. Pero me fastidiaba que la suya fuera la última palabra.

—¿Y qué pasa si consigo entrar en la tumba? —se me ocurrió, aunque solo por llevar la contraria.

—Debería ser más humilde —respondió Graham, con un gesto de cansancio—. Usted no es más que un estudiante que no sabe nada, ni tiene práctica. Créame, no va a entrar en ninguna tumba, excepto en la suya propia si se pone tonto.

En efecto, sí... Para él yo no era nada ni era capaz de nada, curiosamente lo mismo que para Rosa, para su mamá, para Palazón, creo que para mi tío el joyero, seguramente para mi portera y posiblemente para el catedrático D. Juan Roca, por no mencionar a mis amigos los furtivos, para quienes mi principal utilidad era como sustitutivo del saco de arena de entrenar los puños. Y yo mismo estaba tentado de pedir también mi ingreso en ese sindicato.

—Entonces ¿Por qué me ayuda? —pregunté, creo que con perfecta lógica.

Su respuesta fue fulminante.

—Porque quiero que deje en paz a mi hija y se largue de aquí cuanto antes —declaró, con exquisita resolución y una mirada amenazante.

Allí, en aquel sótano penumbroso, junto a aquel fanático enojado, sentí que me la estaba jugando. No, no creáis que era una decisión sencilla. Tendríais que haber estado en mi lugar y habríais comprobado hasta qué punto Graham era capaz de intimidar.

De nuevo debía tomar una decisión, y para hacerlo tuve que recurrir, aunque algo trabajosamente, a mi hondo convencimiento de aquella misma mañana, el de que ya no era un joven asustado sino un fiera indómita a quien el paso por la muerte había hecho capaz de todo. Solo así conseguí contestar, aparentando frialdad:

—Bien ¿Cuándo entraremos?

—Mañana temprano —respondió Graham, con indiferencia no forzada ni fingida.

Mi respuesta frente a su fulminante calendario fue muda: se manifestó en un súbito temblor de piernas. "Genial", pensé, "no todos los días tiene uno una cita en el fondo de una caverna llena de trampas con un psicópata asesino que te odia a muerte".

ooOoo

Y allí estaba yo de nuevo, bajando por la cueva que por poco me mata, junto a aquel malasombra que, con muletas y todo, se desenvolvía con una velocidad diabólica por las desigualdades de pasillos y cámaras. Se diría que la cueva le daba vida, posiblemente porque ambos compartían el instinto criminal.

Como de costumbre, abrí un rollo de hilo de nylon, pero esta vez lo aseguré atando bien fuerte el extremo a un saliente de roca.

—¿Qué hace? —preguntó Graham, que parecía tener prisa por llegar al derrumbamiento, regresar y perderme para siempre de vista.

—Voy a dejar un sedal —respondí con rutina científica, mientras ataba el cabo.

—¿Para qué?

Lo miré de medio a medio, tratando de averiguar por qué se hacía el ignorante.

—Para encontrar el camino de vuelta —expliqué, creo que innecesariamente, aunque con aquel cabestro no podía estar seguro.

Pero Graham estaba lo bastante quemado para parecer de vuelta de todo.

—No se preocupe por esas tonterías —declaró despectivamente—. He pasado más tiempo aquí abajo que en ese cochino pueblo donde usted se aloja.

Y dicho esto, se internó en la negrura como si se dirigiera al frigorífico en busca de cerveza. Me reuní con él en un par de zancadas.

—¿Por qué está siempre de tan mal humor? —pregunté, dando por hecho que allí abajo la oscuridad y el peligro debían acercarnos y originar algún simulacro de amistad.

—¿Y a usted qué le importa? ¿Quién se ha creído que es? —bramó con la mirada ardiendo de soberbia.

Y siguió caminando, como si estuviera solo. Así, solitario y enfadado, es como debía haber pasado sus largas jornadas de desesperanza todos aquellos años.

Durante un rato no me atreví a decir palabra. Nos introdujimos de lleno en el laberinto, tomando por tantas galerías secundarias que estaba seguro de no poder volver de no haber llevado conmigo el sedal.

Durante un tramo menos accidentado me atreví a dirigirle de nuevo la palabra y pregunté:

—¿Es cierto que Diane dibujó el plano falso?

Esta vez Graham se detuvo en seco y me miró amenazadoramente. Parecía estar calibrando si merecía la pena seguir teniendo paciencia conmigo o si debía pasar directamente a empalarme con una de sus muletas.

—Oiga, no la nombre ¿quiere?

Continuamos andando hasta llegar un pasadizo estrecho que terminaba en una sala donde parecía haberse producido un desprendimiento de roca. En una pared lateral se veía una gran losa con inscripciones.

—¿Lo ve? —dijo Graham apresuradamente, señalando a la pared—. Nada de nada. De aquí no hay quien pase.

—Un derrumbamiento —declaré, constatando lo evidente.

Graham no dejó pasar la oportunidad de usar la ironía.

—Qué listo —comentó, mientras se retiraba a un lado para permitirme contemplar a placer el fin de mi sueño.

Inspeccioné la pesada formación, tratando, algo ingenuamente, de encontrar una grieta o un punto débil.

—¿Ha intentado...? —pregunté.

—Ahí hay toneladas de rocas —me advirtió, sin dejarme acabar—. No hay nada que hacer.

Desde luego le creí. Si no fuera cierto lo que me decía, hace tiempo que habría entrado. Entonces dirigí mi atención a la inscripción lateral.

—¿Y esto? —señalé.

Graham hizo un gesto despectivo, como si una vez llegados ante los pedruscos ya todo fuera una pérdida de tiempo.

—¿Eso? La inscripción.

Dirigí a ella el foco de la linterna e inmediatamente reconocí los caracteres griegos. Entonces traduje en voz alta.

"Ay de aquél que profane mi tumba. Las serpientes de Medusa se apoderen de él, Las Moiras corten el hilo de su vida"

—Un estudiante aplicado —comentó Graham burlonamente.

En vez de responder, iluminé el bajorrelieve.

—¿Qué son esos dibujos? —pregunté, fingiendo ignorancia.

—¿Eso? Granadas —respondió Graham descuidadamente—. Un motivo ornamental muy común en el mundo mediterráneo, por lo que he leído.

—Doce granadas —comenté enfáticamente.

—Sé contar perfectamente hasta doce —respondió Graham, receloso.

—También yo —insistí—. En su casa había doce granadas.

Pero Graham no estaba interesado en seguir por ese camino.

—¿Nos vamos ya? —propuso, o casi ordenó— A mediodía pasa un tren.

Pero no podía irme así... El encuentro había sido demasiado brusco, demasiado rápido. No podía renunciar sin apurar hasta el último palmo de roca en busca de una vía de entrada, o al menos de una pista. Habría pasado semanas enteras investigando aquel rincón, siempre que Graham me lo hubiera permitido.

—Espere ¿Ha estudiado los alrededores? —pregunté, para ganar tiempo.

Él compuso una mueca de impaciencia.

—¿Qué cree que soy? ¿Un jodido científico? —preguntó, con sorna.

Ni me molesté en contestarle. Me agaché y estudié con cuidado el suelo, por si la casualidad pudiera tener alguna sorpresa preparada para mí, puede que algún fragmento de cerámica o incluso alguna punta de flecha.

No fue así, pero al menos recogí unas muestras de tierra, que introduje con cuidado en una bolsita de plástico.

—¿Qué espera encontrar ahí? —me increpó Graham— La tumba está dentro.

—Bueno —respondí, tratando de ser tan irónico como él— algo tiene que diferenciar a un científico de un anticuario.

Graham fue rápido en su respuesta.

—Sí, pero al científico no se le ocurre nada.

—Nada —admití, pero añadiendo:—. Tampoco al anticuario.

—Bueno... —añadió él, en un tono sugerente, como si la cosa no terminara ahí.

Lo miré con curiosidad.

—¿Bueno qué?

Una sonrisa lobuna se asomó a sus labios.

—¿Ha oído hablar de la dinamita? —mencionó.

Escruté su semblante de loco.

—¿Está hablando en serio?

Me quedé lívido al ver que el muy chalado sacaba de un bolsillo interior un cartucho de dinamita y me lo enseñaba triunfalmente, como si fuera un diploma universitario.

—Sé todo lo que hay que saber sobre explosivos —declaró engoladamente y con una sonrisa diabólica.

El muy animal estaba dispuesto a volar la cueva. Era un completo demente.

—Oiga, no pensará... La montaña le caerá encima —protesté.

Graham se encogió de hombros.

—Usaré una mecha larga —respondió tan campante.

—Pero destruirá la tumba...

—Tengo que ser audaz —afirmó, con el convencimiento de la desesperación. Y entonces añadió sombríamente:— Su llegada lo ha precipitado todo.

De nuevo las frases a medias que bordeaban el secreto, que delimitaban sus fronteras como trazando un mapa impreciso, pero que me mantenían completamente en ayunas.

—¿A qué se refiere? —pregunté, sin muchas esperanzas.

Pero de él no salió ninguna revelación, aunque al menos volvió a guardar el petardo en su chaleco, como si hubiera decidido posponer el holocausto.

—Vámonos —urgió con su voz cuartelera— Ya ha llegado al fin de su aventura. Aquí no hacemos nada.

—¿Me deja hacer una foto? —pregunté ingenuamente.

Graham, que ya había iniciado la marcha, se volvió y me dio la respuesta que esperaba.

—¡Ni lo sueñe!

ooOoo

Al despedirse de mí, Graham me había advertido que no esperase a la noche para marcharme. Me quería fuera del pueblo inmediatamente, así que tendría que haberme apresurado a hacer el equipaje, pero me resistí. Acababa de estar cerca de la entrada, demasiado cerca. Unos metros de roca eran lo único que me separaba de mi gran descubrimiento, de mi éxito, de mi sueño. Mi destino, mi futuro, aguardaban tras el muro, que era como una frontera ¿entendéis? A un lado, el Fernando Robles fracasado, aprendiz de joyero. Al otro, un Fernando Robles feliz y triunfal, al que ya nunca nadie le podría arrebatar la impronta de auténtico arqueólogo.

No, no podía marcharme. Si lo hacía, no tendría una segunda oportunidad: Graham volaría la cueva y con ello solo conseguiría destruir las galerías y sellar el lugar para siempre. Y, por otro lado, su actitud de padre celoso estaba llena de mensajes, o eso me parecía. Solo había que saber leer en ellos. Tanta preocupación, tanta prisa por echarme del pueblo, debía obedecer a algo, alguna amenaza que él había visto o había percibido. Y ese algo solo podía ser Diane, lo que Diane sentía por mí. Si no fuera así, no tenía por qué sentirse amenazado por aquel estudiantillo inofensivo que era yo. Supe que debía librarla de las cadenas que la ataban a aquel bruto y decidí que no podía huir con el rabo entre las piernas, al menos sin verla por última vez.

Pero quedarme era peligroso. Por un lado, Graham podía cumplir su tétrica amenaza, y por otro el armario ambulante y su amigo bizco podrían volver a plancharme las costillas. Así que resolví que lo mejor era pedir refuerzos: pasaría toda la información a la Universidad y trataría de convencer al catedrático de que enviase un equipo. Por así decir, ocuparíamos el campo de batalla con un cuerpo organizado de estudiantes y profesores armados de instrumental científico. Incluso podría venir Palazón, si es que era posible arrancarlo de las mesas de trabajo y la luz de flexo, y siempre que su cutis gordezuelo no sufriera lesiones irreparables a causa del sol y el viento. Veríamos cómo se las apañaban dos solitarios asesinos a sueldo con toda una brigadilla estudiantil y cómo se las iban a arreglar para causar daño a Palazón con simples puñetazos a esa insondable masa de sebo que era su barriga, donde los golpes se perderían inofensivamente como en un colchón de gomaespuma.

Así que en vez de coger la maleta, tomé papel y lápiz y copié de memoria tanto la inscripción escrita como los bajorrelieves con las granadas. No solo eso: durante el regreso había estado tomando notas secretamente. Anotaba el número de pasos de cada galería, los cambios de dirección, las prominencias destacadas y todo lo que permitiera reconstruir el itinerario. Con todo ello elaboré apresuradamente un croquis que era lo más parecido a un plano que podía conseguir.

Cuando todo estuvo listo, bajé a recepción para enviar el dibujo y el croquis por fax a la Universidad.

El conserje me dedicó una amplia sonrisa.

—¿Qué tal está hoy su Isis? Le dije a la limpiadora que la...

Pero yo no estaba para conversaciones ingeniosas. El fax se transmitió con éxito y entonces llamé por teléfono al catedrático para confirmar la recepción y pedirle ayuda.

Al otro lado escuché una voz familiar, pero no era la suya.

—¡Hombre, Fernando...! Cuanto tiempo.

Palazón... Era Palazón. Mi mala suerte lo había elegido para que me aguara la fiesta.

—¿Estás de vacaciones? —preguntó burlonamente— Don Juan no hace más que preguntar por ti.

—¿Dónde está? —urgí, hecho un manojo de nervios.

—Ha salido. No estará en todo el día —respondió Palazón, con la indiferencia de una secretaria abúlica.

—Acabo de enviar un fax ¿Ha entrado bien? —pregunté, con algo de impaciencia.

—¿Qué fax?

—¡Diablos! El que acabo de enviar. Compruébalo.

Palazón mantuvo un silencio sospechoso. Después añadió.

—¡Ah, sí... Lo tengo! Pero se lee mal.

—¿Lo mando otra vez? —ofrecí.

—No, qué va... —respondió—, sí, parece que se ve algo.

—Escucha con atención. Tienes que decirle esto: He encontrado la tumba de Gerion ¿Entendido? Necesito que me llame a este teléfono...

—Bien... Oye, y enhorabuena. Se lo diré a Rosa para que se alegre —declaró maliciosamente.

Pero a mí Rosa ya me la traía al fresco, estaba muy atrás en el tiempo. Era como si pretendiera hacerme sentir celos de Cleopatra o de Madame Butterfly.

—No te olvides. Dile que me llame urgentemente. Me persiguen unos furtivos y tengo miedo ¿Entiendes? ¿Lo harás por mí?

Palazón se puso tenso. O lo aparentó.

—Fernando ¿Estás hablando en serio?

—¡Haz lo que te digo, maldita sea! —chillé.

Colgué furiosamente y tragué varios litros de aire en un pesado suspiro del que esperaba recoger la energía que necesitaba. Ahora dependía de Palazón, de mi enemigo, de la única persona en el mundo interesada en que mi llamada de auxilio no llegara a su destino.

El recepcionista, que lo había escuchado todo, me estaba mirando como quien mira al diablo.

—Ni una palabra a nadie ¿Entendido? —advertí, agitando amenazadoramente el dedo índice.

Él asintió en silencio, la cabeza oculta entre los hombros, como si alguno de los peligros contenidos en mis palabras pudiera alcanzarlo.

—¿Tiene un colador? —pregunté entonces.

No movió un músculo. Creo que intentaba imaginar de qué manera pensaba utilizar el colador como arma defensiva contra los asesinos que me perseguían.

—¿Un colador? —repitió, y añadió débilmente:— ¿Quiere hacerse un té en la habitación? Yo mismo podría ir a la cocina y...

—No, no es eso —le interrumpí, sin ánimo para dar más explicaciones.

—Como quiera —admitió en voz baja.

Desapareció y volvió empuñando triunfalmente el instrumento.

—Aquí tiene, señor. Su colador.

—Gracias —y antes de retirarme, añadí—. Ah, puede que Graham... el cojo... pregunte por mí.

—¿Y...? —dijo él, muy atento.

—¿Quiere decirle que me he marchado?

El conserje pareció no entender.

—¿A dónde? —preguntó.

—Usted no lo sabe —declaré resueltamente—. He cogido el tren y me he ido.

—Entonces ¿usted no está aquí? —repitió sumisamente.

—No, no estoy.

Permaneció meditabundo durante un momento. Los engranajes de su mente parecían trabajar a toda presión intentando comprender.

—¿Seguro que es usted arqueólogo? —preguntó, completamente desorientado.

—Puede estar seguro —respondí, con más convencimiento que nunca. Me sentía un auténtico arqueólogo, comprometido con la ciencia aún a costa de mi vida.

—Perdone... ¿No será usted de la inteligencia militar? —añadió el conserje, que miraba al colador como si estuviera a punto de emitir rayos láser— ¿Quiere utilizar el colador como antena parabólica para enviar un mensaje? Lo he visto en la tele.

—Nada de eso —reí—. Solo arqueólogo y ya es bastante.

De vuelta en mi habitación, vacié en el colador un poco de la muestra de tierra que había traído de la cueva. En él quedaron atrapados unos granitos oscuros, de un calibre uniforme. No parecían excrementos, pero tampoco guijarros. La única forma de saber qué eran en realidad consistía en llevar la muestra al laboratorio de la Facultad.

Así pues había descubierto un indicio. No sabía de qué se trataba, pero era algo. Poco a poco, muy despacio y con muchos sustos, iba avanzando y eso me animó a pisar el acelerador. Sabía que el armario y el bizco me acechaban y que habían entrado en mi habitación por lo menos dos veces. En cierto sentido sus movimientos eran previsibles, así que no era difícil tenderles una trampa y molerlos a palos para después interrogarlos, enterarme del gran secreto de lo que estaba pasando y entonces poder mirar a Graham cara a cara.

Así que esa noche salí y di un largo paseo por los alrededores del pueblo, en cuyo transcurso recogí una gruesa estaca de almendro. Después, cuando oscurecía, aproveché la escasa iluminación de la calle trasera y mi experiencia en escalada para entrar en mi habitación por la ventana.

Entonces me introduje dentro del armario, me hice un ovillo y me dispuse a esperar a mis enemigos. Reconozco que mi guardia quedó interrumpida casi instantáneamente porque, mientras reflexionaba sobre los extraños caminos de aquella investigación arqueológica, me quedé profundamente dormido.

Me despertaron unos ruidos en la habitación. Me asomé por la rendija: allí estaban los dos bandoleros, grandes como torres. De hecho, parecían haber crecido desde la última vez y ya no me sentía tan animado a vapulearlos. El bizco había tomado en sus manazas el plano de Graham. El otro miraba mi copia de la inscripción griega como miraría un chimpancé una ecuación de segundo grado.

—¿Qué pone aquí? —preguntó, en la ilusión de que su socio fuera un erudito experto en lenguas muertas en lugar de un ladrón inculto.

No fui capaz de desaprovechar aquella oportunidad de hacer un juego de palabras, así que me lancé al ataque con la estaca en la mano, al tiempo que contestaba a voz en grito la pregunta del inculto furtivo.

—¡Ay de aquel que profane mi aposento!

Pero no conseguí asestar un solo golpe, solo recibirlos. Con inesperada agilidad, el de la barba hizo una finta para esquivarme al mismo tiempo que me empujaba a un lado, y en aproximadamente dos segundos se reprodujo la escena del acantilado, es decir, el sádico barrigón sujetándome y el bizco dándome buenos palos a placer.

Después salieron de estampida, llevándose el plano.

Un excelente programa como veis. De primer plato, tres horas desgraciándome la espalda dentro de un armario. De segundo una fenomenal paliza para repasar los pocos huesos que me hubieran quedado sanos. Y de postre, adiós a mis tesoros: ni inscripción, ni plano, ni nada. Fernando solo y desnudo, lo mismo que el día del desembarco en Los lobos, aunque con el esqueleto en peores condiciones.

Mientas hacía este despliegue de optimismo, comencé a percibir un olor característico, pero que no era capaz de identificar. Me levanté trabajosamente y vi que con el forcejeo la vela había caído sobre el colador que contenía las muestras de tierra. Sorprendentemente, los granos oscuros estaban incandescentes. De ellos se levantaba un humo tenue y aromático... Era incienso.

Incienso.

Aquello solo podía significar una cosa: En la cueva, frente al lugar donde estaba la inscripción, se había celebrado en su día algún tipo de ritual, quizá un ritual anual de recuerdo o de homenaje al difunto. Y si era así, había una posibilidad de que los sacerdotes hubieran penetrado en el interior de la cámara funeraria. O lo que era igual: que realmente había una forma de entrar.

Pero ya no tenía mi croquis para volver a la cueva. Sin embargo el fax...

Bajé a recepción, aunque no saltando los escalones, como habría querido, sino tirando pesadamente mis huesos vapuleados, y telefoneé nuevamente a la Universidad para conseguir una copia del fax que les había remitido. Hablé con la secretaria del catedrático, que dijo no saber una palabra ni de mi envío ni de mi llamada.

—Oiga, tiene que estar ahí —insistí dramáticamente—. Hablé con Palazón.

La voz de la secretaria sonaba apesadumbrada.

—Lo siento, pero no lo he visto. Buscaré en el archivo.

—Entendido. Llámeme si lo encuentra.

Colgué el teléfono y me retiré a mi habitación, bastante desalentado. Miré el calendario e hice un nuevo circulito alrededor del viernes. El tribunal se reunía al día siguiente, todo se había vuelto imposible. Podría luchar contra mis enemigos y seguir acercándome a la tumba, pero ya solo por rebeldía, por curiosidad y especialmente por estar cerca de Diane y penetrar su misterio.

En todo caso, mi única esperanza de encontrar la tumba era recuperar el fax. No podía desde luego bajar a la cueva a ciegas, pero tampoco podía ya acudir a Graham. Para él yo ya había tomado el tren de vuelta y simplemente no existía. Si se enteraba de que no me había marchado, podría tomar represalias muy feas que incluían tanto el linchamiento como el asesinato.

Me quedé toda la tarde en la habitación, esperando la llamada de la Facultad, pero conforme iba pasando el tiempo y ésta no llegaba, me convencí de que debía aceptar mi derrota. No tenía ni plano ni guía. Los bofetones y el robo me habían bajado la autoestima y ya no veía las cosas con el entusiasmo de unas horas antes, incluso en relación a Diane. En realidad no tenía consciencia de ser para ella nada más importante que cualquier turista accidental.

Así que, según me pareció, ya nada me ataba a aquella pequeña y misteriosa población llamada Los lobos. Aún así, me esforcé en considerar mi derrota con optimismo. Cuando estaba a punto de morir en la cueva había pensando muy positivamente en los muchos oficios que podría haber desempeñado en la vida, si hubiera tenido una vida. Bien, ahora la tenía, así que no había motivos para los lloriqueos o las quejas. Rememoré con algo de melancolía, o más bien resignación, aquella lista probable de tapas calientes de un bar cualquiera, pero no conseguí consuelo. Y sin embargo debía acostumbrarme. Era como cuando una nube enorme cubre el sol y lo vuelve todo gris. La vida estaba a punto de volverse gris para mí, y yo debía hacerme a la idea.

Había oscurecido y ya no salía ningún tren, así que hice lenta y cuidadosamente mi equipaje pensando en marcharme por la mañana y, cuando ya no tenía ninguna otra obligación, creí que debía despedirme de Diane. O más bien pensé en ello como pretexto para volver a verla.

ooOoo

VI
EL CASTILLO ENCANTADO

Como luciérnaga extraviada, con la luz a medio gas, la tienda de antigüedades conservaba intacto el secreto que velaba la vida del anticuario inglés y su hermosa hija. Con sus maltrechos muros de cal cayendo a trozos, escondiendo en su seno tanto la fealdad como la belleza, era como el castillo encantado de los cuentos.

"¿Qué haces aquí Fernando?" —me dije— "¿Tanto te gusta esa chica? El animal de su padre te amenazó con matarte si no te marchabas y se supone que ya no tendrías que estar aquí". Me encontraba ante un caso claro del llamado silogismo apodíptico, dicen que ideado por Aristóteles, con dos premisas y una conclusión: si no te vas te mato. No te has ido, luego te mato. Estar allí era rebelarse contra todo raciocinio y desde luego contra los principios más esenciales de la filosofía griega.

Mientras me acercaba, cada vez menos convencido, se formaron en mi imaginación todas las formas que Graham podría elegir para acabar conmigo: estrangulamiento, hoguera, arma blanca, veneno, pasarme por encima con la furgoneta vieja, echarme al mar atado a un pedrusco...

Una nueva decisión. Una consecuencia de eso tan alabado y peligroso como el libre albedrío. Cuando todo aconseja hacer mutis por el foro, tú decides quedarte. Es una forma de desafiar al destino y me daba cuenta de que eso era justamente lo que estaba haciendo. Me asomé con cuidado, y con el alma en vilo, a una de las ventanas del salón. Allí estaba Graham y casi me quedé sin respiración al ver que tenía en las manos un revólver grande como una vaca y al comprobar que lo estaba limpiando a conciencia. Sobre la mesa tenía otro igual de gordo y junto a él dos o tres baquetas de distintos tamaños, varios trapos y una botellita de lo que parecía aceite limpiador.

Me quité de en medio, completamente espantado. De entre todas las formas posibles de morir había olvidado la más evidente: el fusilamiento. Sin duda Graham se había enterado de que yo seguía en el pueblo y estaba dispuesto a dejarme como un colador. De hecho, al parecer una sola arma le parecía poco para mí. Calculé rápidamente: a seis proyectiles por tambor, Graham pretendía decorarme con doce agujeros. Quizá una ironía mortuoria debida a mi fijación con sus doce granadas.

Aunque debía haber salido huyendo y no dejar de correr hasta la estación, o quizá hasta mi casa en la ciudad, no lo hice. Diréis que fue un nuevo error, pero estaba demasiado cerca de Diane como para renunciar a verla por última vez.

Aquellos dos eran como una única moneda con dos caras o, mejor, una cara y una cruz. La cara era la juventud, la belleza y la dulzura de Diane. La cruz... Bueno, la que Graham quería poner en mi tumba. Y sentía que al merodear en los bordes del castillo encantado estaba echando aquella moneda al aire y debía conformarme con el resultado que el azar o el destino me tuviesen reservado.

Me asomé a la ventana de lo que creía que debía ser la habitación de Diane y la vi dormida en su cama. La ventana estaba abierta, pero no me atrevía a entrar por las buenas. Ella podría asustarse, dar un grito inoportuno, y así justificar el crimen que su padre estaba deseando cometer.

Di en los cristales unos golpecitos que la hicieron despertar. Entonces me vio. Se quedó pasmada y al principio no supo reaccionar. Después de lo que me pareció un momento interminable de indecisión, me hizo una seña para que pasara al interior. Yo, francamente, no esperaba tanto. Solo quería que ella se aproximara y poder decirle adiós desde una posición que me permitiera una huida fácil y rápida, más o menos como un Romeo huidizo despidiéndose de una Julieta inalcanzable.

Un poco titubeante, brinqué sobre la ventana y de pronto me encontré en el cuarto de la bella Diane, lo que me inspiró tanto placer como terror. Ella se incorporó en la cama y me miró con los ojos muy abiertos.

—¿Qué haces aquí? —preguntó en un susurro.

—He venido a despedirme —respondí, con voz apenas audible, y el corazón en un puño.

—¿Cómo a despedirte?

En ese momento se oyeron los pasos renqueantes de Graham, que se acercaban, y me imaginé algo así como que me había olido y se aproximaba con los dos pistolones en las manos. Eché un rápido vistazo a la estancia. No tenía donde esconderme y permanecí inmóvil y paralizado, como las víctimas fascinadas por la serpiente. Los pasos se detuvieron tras la puerta.

—Diane, no te olvides de ir mañana temprano a comprarme un bote de grasa —se oyó decir desde el otro lado.

Ella dirigió una mirada de pánico a la puerta cerrada y respondió con un monosílabo en el que se percibía el temblor.

—¿Te ocurre algo? —preguntó Graham.

Percibí cómo Diane pugnaba por fingir y dotar a su voz de una fortaleza que no tenía.

—No, solo tengo un poco de sueño. Buenas noches.

Graham dudó durante un momento que pareció una eternidad. Después dio las buenas noches y de nuevo se escucharon sus pasos siniestros y renqueantes, como los de la muerte, hasta desaparecer junto al salón.

Entonces Diane se volvió hacia mí.

—¿Se puede saber por qué tienes que entrar por la ventana? —me preguntó, sofocando la voz.

Decidí pasar por alto el hecho de que era ella quien me había invitado a hacerlo, y pasé directamente a lo que me alarmaba.

—Acabo de ver a tu padre con una pistola... No, dos pistolas.

Observé cómo los signos del temor se asomaban de nuevo a su rostro. Parecía saber muy bien de qué se trataba.

—Sus viejas armas... Hace años que no las tocaba —dijo.

—¿Qué crees que pretende? —pregunté, abrigando la absurda esperanza de que la intención de Graham fuera ir a cazar patos.

—Entonces... —murmuró ella, siguiendo el curso de sus propios pensamientos— entonces para eso es para lo que quiere el bote de grasa.

—¿Está poniendo a punto esas cosas? —pregunté con aprensión.

—Creo que sí —admitió Diane.

—¿Para qué?

—Imagino que quiere usarlas —respondió Diane, sin resolver nada.

—El viejo loco quiere cumplir su promesa —concluí, dándome por muerto.

—¿Qué promesa?

—Dijo que pensaba matarme si no me marchaba en el tren del mediodía.

—No, no. Él es incapaz de...

No pudo seguir hablando. Le tapé la boca al darme cuenta de que Graham volvía. Una vez más sus pasos resonaron ominosos en el pasillo, pero esta vez se alejaron y desaparecieron.

Los dos quedamos en silencio. Entonces levanté la vista al rostro dulce de Diane. Ya solo me quedaba decirle adiós, pero no podía hacerlo. Me di cuenta de que no era capaz de separarme de ella.

—Ven conmigo —le pedí de pronto, completamente fuera del guión.

Ella me miró con ojos sorprendidos, como si lo que acababa de escuchar fuera una sandez.

—¿Por qué? —preguntó.

"Buena pregunta" —pensé— . "Tratemos de encontrar una respuesta convincente".

—Quiero sacarte de este mundo cerrado —declaré, de forma algo pomposa.

Pero la declaración no pareció convencerla. De hecho, se echó hacia atrás y endureció el gesto.

—¿Quieres salvarme? ¿Con qué derecho?

¿Veis cómo me estaba acorralando con sus frases duras y cortantes? Me estaba forzando a dar explicaciones sobre unos sentimientos que ni yo mismo entendía y que me daban miedo. Era un campo en el que tenía poco entrenamiento y en el que no podía decir más que torpezas.

—Es que... —empecé, pero dejé la frase sin terminar.

Claro, aquella conversación tenía su propia lógica. Yo la amaba y quería que ella viniera conmigo, todo era realmente simple. Pero como es evidente tendría que habérselo dicho y no lo hice. Y por eso todo resultó muy confuso y bastante áspero. Con el tiempo, al rememorar aquella conversación, me he dado cuenta de que ella estaba enfadada, o al menos decepcionada, porque esperaba escuchar de mí algo tan simple como te quiero.

¿Por qué no lo hice? Aún no lo sé con certeza. Puede que por miedo al ridículo, o quizá por miedo al éxito. El caso es que debía haberlo dicho allí y en aquel preciso momento, pero no fue así. Ya sabéis, las dichosas decisiones. Aquella noche fui valiente para meterme por una ventana en la casa del asesino que se estaba preparando para matarme, pero no para abrir mi corazón a Diane.

—Te lo agradezco —declaró ella, con una voz de hielo— pero este mundo cerrado es mi mundo.

Como mal perdedor, analicé defectuosamente la situación y eché las culpas a Graham.

—No eres capaz de separarte de él —protesté—. Estás totalmente dominada.

Pero Diane fue inflexible. Por esa vía lo tenía yo todo perdido.

—Él me necesita.

—Es un viejo amargado.

—Aún así.

Entonces, por una vez, se me escapó algo que no eran razonamientos ni argumentos. Algo que era parte de mi propia alma. Algo más eficaz que todos los discursos y toda la oratoria del mundo.

—Yo también... —susurré tristemente.

Diane me miró sin comprender, lo que no era raro, pues la frase no decía nada. Sentí que era el momento crítico y debía dar el paso adelante que tanto temía.

—Yo también te necesito —completé por fin.

Ella guardó un prolongado silencio mientras, más que mirarme, me inspeccionaba. Parecía como si me viera por primera vez y tratara de reconocerme, como si tratara de buscar, sepultado bajo mis facciones, al hombre al que ella amaba.

—Entonces ¿Por qué no me besas? —sugirió, en un tono agradablemente confidencial.

Suspiré, y un escalofrío me estremeció al comprobar que las puertas del cielo, las puertas del misterio, incluso las puertas de la felicidad, acababan de abrirse para mí. La besé lenta y prolongadamente, como si nunca antes hubiera besado y en ese momento descubriera toda la dulzura del amor, y con la impresión de que, al hacerlo, comenzaba a vivir una vida nueva, de que acababa de entrar en un nuevo espacio, en el corazón de aquel castillo encantado donde todos los secretos iban a serme revelados.

—¿Vendrás conmigo? —pregunté en un susurro.

—No puedo —respondió Diane, lejos de su anterior tono áspero, aunque con la misma determinación.

Me separé de ella y al mirarla de nuevo a los ojos, comprendí muchas cosas. Comprendí que nunca podría romper las pesadas cadenas que la unían a su padre y comprendí que aquel beso no había sido un principio, como yo creía, sino un final. Un beso de despedida.

—¿Por qué? ¿Qué te lo impide? —protesté.

—Pasaría de un soñador a otro soñador —respondió ella, con un tono débil y pesado—. No quiero vivir dos veces el mismo fracaso. No quiero ver otra vez cómo una persona buena y dulce se transforma en...

—¿Por qué no lo hacemos juntos? —interrumpí.

Ella mantuvo silencio y me miró con escepticismo, como si yo pidiera un imposible y estuviera negándome a comprender algo que debía haberme resultado evidente.

—Buscar la tumba —continué—. Hazlo conmigo.

Diane bajó la mirada, ocultándome sus hermosos ojos verdes al mismo tiempo que sacudía la cabeza en una negativa dramática.

—No dejes que sea un sueño solitario —le pedí, casi le supliqué, mientras trataba de encontrar su mirada oculta.

—No —la oí decir, breve y dramáticamente, desde el fondo de sus entrañas, como si más que pronunciarla, hubiera tenido que arrancarse la palabra del alma.

—¿Por qué no?

Ella alzó el rostro y volvió a mirarme. Estaba tan hermosa que sentí deseos de llorar al comprender que no iba a verla nunca más.

—Es tu sueño, no el mío —declaró, y con esas palabras cerró definitivamente las puertas y sentí que me encontraba en la calle, en la intemperie y el frío, como un vagabundo que no sabe a dónde ir. Me puse en pie y me retiré junto a la ventana por la que había entrado. Desde allí se divisaban las luces de Los lobos, como un manojo de estrellas perdidas en la noche. Había llegado a creer que todo era obra del destino, que Rosa no había sido más que una preparación para hacerme aprender cómo es la gente que solo ama el dinero y la posición social, a permitirme reconocer los malos caminos, como las estrellas que te guían en la noche. Había llegado a creer que el buen camino era el que llevaba a los brazos de Diane, a los ojos de Diane, a las dulces palabras de aquella hermana, madre, diosa y amante, que me había rescatado de la muerte. Había llegado a creer que los viejos huesos del rey Gerion no eran más que una intriga forjada por el universo entero para guiarme junto a Diane. Mi ambición alocada, las palizas recibidas, la carta anónima en mi buzón, todo habían sido estrellas titilantes que mostraban el camino. Todo para conducirme a aquella habitación, a aquel momento. Pero estaba equivocado. Resulta que la magia no existía, que, a lo lejos, las luces de la aldea no eran manojos de estrellas que guían, sino unas cuantas bombillas sucias que iluminaban una vida gris, que la existencia no seguía un orden trazado por el destino, sino que era un paquete caótico de idas y venidas, y que aunque había besado a Diane y ella me había besado a mí, ya solo me quedaba marcharme y dejar que me atrapara para siempre la vida de color ceniza.

Introduje distraídamente las manos en los bolsillos mientras ideaba cómo decir adiós y entonces descubrí el papel. Ya no lo recordaba. Lo saqué y le eché un vistazo: Sí, era mi dibujo del friso de las granadas sobre aquella pieza de cerámica ibérica, en el laboratorio de la Facultad.

Un chispazo... Un destello... Yo sabía que aquellos signos no eran granadas. Entonces tampoco lo eran los del bajorrelieve, ni siquiera las formas junto a los espejos que adornaban el comedor de Graham. Sabía algo que él ignoraba y me pregunté cómo podía sacarle partido.

De alguna forma percibí el soplo de una esperanza débil e indefinida, pero que parecía hacerme guiños desde algún lugar de mi mente. En ese momento debía haberme marchado pero, como frágil velero impulsado por ese soplo, me volví hacia Diane.

—Escucha, he descubierto algo —dije desde la ventana.

Ella no contestó, parecía indiferente, o bien temía dejarse convencer y que yo la arrancara de todas sus certezas y deberes, lo mismo que un furtivo arranca con martillo y cincel las pinturas rupestres de la roca.

—Al pie de la entrada a la tumba había granos de incienso —continué.

Su semblante permaneció impasible. Por lo visto creía que mi intención era prolongar indefinidamente la despedida.

¿Y eso qué significa? —preguntó.

—No sé qué antigüedad tiene ese incienso, pero puede indicar que en ese lugar se celebraban rituales.

—¿Y qué?

—Que en ese caso podría haber alguna forma de entrar en la cámara funeraria. Los sacerdotes que llevaron ese incienso... —continué, con todo entusiasmo.

Pero Diane no me dejó continuar.

—¿Solo eso? Así no conseguirás nada.

Parecía un profesor escéptico que no cree en tu proyecto de tesis y que está deseando que dejes de hacerle perder su valioso tiempo.

—No, no, escucha ¿Recuerdas el bajorrelieve de las granadas, allá abajo?

Ella no contestó. En lugar de eso metió la mano en el cajón de su mesita de noche y sacó un pliego de papel que extendió a mi vista. Era una bella reproducción de aquel bajorrelieve.

Sonreí complacido.

—En realidad no son granadas —proclamé—, sino semillas de adormidera. Un símbolo del sueño y de la muerte.

Entonces le mostré el dibujo de la decoración de mi pieza de cerámica ibérica. Diane lo miró con atención y pude ver cómo su semblante cambiaba.

—Son casi iguales —comentó.

—Es de una tinaja ibérica para guardar grano de trigo, con nueve semillas de adormidera pintadas —expliqué, en referencia a mi dibujo—. Significa que el trigo debe dormir nueve meses antes de volver a usarse como semilla. Creo que el significado del bajorrelieve es que...

—¿Que el difunto debe dormir doce meses?

—Si cada semilla representa un mes, puede que una vez al año los sacerdotes entrasen en la cámara funeraria y quemasen incienso como parte de un rito.

Diane me miró, tratando de discernir dónde estaba el interés real de todo aquello, y me devolvió el dibujo con algo de indiferencia.

—Bueno... ¿Y cómo te va a ayudar eso? —preguntó.

No pude contestar. En realidad me hacía la misma pregunta y ella lo notó. Entonces tomó de nuevo ambos dibujos y los comparó con cuidado.

—El mismo motivo en el friso, los espejos y el pebetero —dijo, pensando en voz alta.

—¿El pebetero?

—Sí, la tapa de quemador de perfumes...

El pebetero... Aquella extraña pieza en una estantería de la tienda. Lo había olvidado por completo.

—Puede que haya alguna relación ¿No podría estudiarlo otra vez? —propuse.

Esta vez la expresión de Diane fue de repentina consternación.

—¿Quieres que te lo traiga? —preguntó— ¿Con mi padre ahí afuera?

Sí, comprendía que era tentar a la suerte. Graham estaba al otro lado de la puerta, como un perro guardián, preparándose para agujerearme a la menor oportunidad. Pero yo no tenía tiempo.

—¿Puedes intentarlo? —pregunté.

Diane estaba aterrorizada, pero se levantó y salió al pasillo. Creo que en realidad me amaba y deseaba demostrármelo. Creo que no podía entregarme su vida porque pensaba que no le pertenecía, y que estaba tratando de compensarme.

Me asomé por una rendija para tratar de escuchar.

—¿No ibas a dormir? —oí decir a Graham.

—Voy a por un vaso de agua... —pretextó ella, y entonces preguntó, con aire casual— ¿Para qué quieres la grasa?

—Hoy me han traído unos muebles con las bisagras atascadas —mintió Graham.

Hubo unos momentos de silencio, durante los cuales imagino que ella había entrado en la tienda en busca del pebetero. Después escuché de nuevo a Graham:

—¿Qué estás haciendo? —dijo. Parecía desagradablemente alerta.

Un silencio. Después Graham volvió a hablar.

—¿Qué haces con la tapa del pebetero?

—Quiero volver a... —contestó Diane.

—¿..A estudiarlo?

Ella afirmó, pero parecía poco convencida.

—¿Y te lo vas a llevar a la cama, como un libro de cabecera?

La entonación de Graham era extraordinariamente escéptica. Estaba seguro de que sospechaba algo, aunque no algo tan sorprendente como que su víctima propiciatoria estuviera escondido en el dormitorio de su hija.

—Bueno, solo quería...

Frente a los titubeos de Diane, Graham fue directo al grano.

—Ese estudiante te ha perturbado ¿verdad?

Ella guardó silencio durante un tenso instante. Después la oí responder:

—Eso ya no importa... Se ha ido ¿No?

—No —bramó Graham, y añadió:— Y te juro que se va a arrepentir.

Escalofriantes palabras que me hicieron temblar y que me convencieron de que nunca conseguiría escapar a la ira del anticuario. De pronto sentí la apremiante necesidad de disiparme en el aire, o al menos de hacerme invisible.

De pronto no escuché nada más. Después él añadió, maliciosamente:

—Dime... ¿Sabes tú dónde está?

En vez de respuesta, pude oír cómo algo se hacía añicos contra el suelo. Recé por que fuera el vaso de agua y no la pieza arqueológica.

Graham se puso a maldecir y a amenazar mientras Diane se precipitaba en el dormitorio, aterrorizada, y me entregaba el pebetero sin mediar palabra. No tenía color en la cara.

Examiné cuidadosamente los pequeños huecos desparramados con aparente descuido por la superficie de aquella pieza singular. Debían obedecer a algún patrón, puede incluso que se tratara de alguna especie de mensaje en un lenguaje oculto. De hecho, se parecía bastante a las tarjetas perforadas que utilizaban como forma de expresión los primeros ordenadores, aquellos enormes armarios metálicos con menos memoria ram que una lata de aceitunas, llamados entonces cerebros electrónicos.

—Debe tener una relación con la tumba... —dije, pensando en voz alta— ¿Tú qué crees que pueden ser estas oquedades?

Ella contestó con la voz cansada, como si todo aquello fuera inútil.

—Mi padre ya te dijo la otra noche que era la tapa de un quemador de perfumes. Por ahí salía el humo.

Miré una vez más los agujeros. No podía ser.

—Pero las tapas de los quemadores de perfume son como coladores, tienen los agujeros distribuidos regularmente, y sin embargo estos huecos parecen estar dispuestos de acuerdo con algún código.

A ella se le escapó un gesto de impaciencia.

—¿Para qué crees que va a servirte eso? —objetó, desalentada, cansada de pensar, completamente resignada— ¿No has visto el amontonamiento de piedras? ¿No te das cuenta de que la entrada está sellada?

Ella había buscado insistentemente mi mirada para tratar de clavarme sus palabras en el corazón, convencerme por fin y espantar de mí la obsesión que a su juicio iba a acabar conmigo. La miré y, al recordar la forma casi sobrenatural en que se me había aparecido aquel día en la entrada de la cueva, como un espíritu sabio de las profundidades, supe que tenía razón, que la entrada estaba sellada por toneladas de rocas y que nunca conseguiría abrirla. Pero al recordar la ostentosa inscripción, me pareció contradictorio que un mensaje tan claro relativo a la tumba estuviera en una entrada que no era tal. Digamos que si la entrada era infranqueable no hacían falta las advertencias y las amenazas... "piensa Fernando... piensa...". Y sentí cómo en aquel empeño mi concurso de méritos, mi plaza de profesor, mi rivalidad con Palazón, incluso mi proyecto de tesis doctoral, todo aquello no contaba nada ¿Sabéis qué? Si aquello hubiera sido una simple investigación arqueológica, me habría marchado días atrás. Si, en vez de eso, lo considerásemos como el caso de un hombre en busca de su sueño, me habría dado por vencido aquella misma noche, cuando comprobé que la investigación había llegado a un callejón sin salida.

Pero es que mi empresa ya no era ninguna de esas cosas, que ahora me parecían banales. Ya no estaba allí ni para conseguir la plaza, ni para adquirir la fama que había creído merecer, ni siquiera para demostrar que yo tenía razón. Estaba allí por ella. Si quería penetrar el misterio era por ella. Si me forcé a pensar y a discurrir como un hombre desesperado fue por ella. Quería reabrir las puertas del castillo encantado y quedarme dentro para siempre, y mi camino, mi pasaporte, era descifrar el enigma.

Y fue así, en ese convencimiento, en ese reconocimiento, asomado a aquellos ojos ansiosos y asustados de Diane que tanto deseaba poseer, como se me ocurrió una idea.

—¿Y si hubiera otra entrada? —dije— ¿Y si esa inscripción de advertencia no fuera más que un engaño?

Ella me miró interesada.

—Un engaño para despistar a los violadores de tumbas, como se solía hacer en el antiguo Egipto... ¿Buscó tu padre en las otras galerías?

—Claro... No encontró nada, y además aventurarse más allá es peligroso. La cueva se ramifica en mil galerías.

—Sí, pero tendría que haber una guía para no perderse. Quiero decir, si fuera cierto que más allá está la auténtica entrada.

—Ni siquiera lo sabes.

—Debería ser así —insistí, ciego a todo lo que no fuera mi intuición.

—Pero no tienes ni una sola pista.

Sí, ella tenía razón, como siempre. Pero debía haber una forma. Era necesario que la hubiera. Tenía que ser así.

—Bueno, puede que se te ocurra algo más adelante —comentó ella, tratando de animarme.

—Creo que para entonces será tarde —respondí sombríamente.

—¿Lo dices por tu concurso de méritos?

Por un instante tuve que esforzarme por entender de qué me hablaba Diane. Ella no sabía el cambio que había conseguido operar en mí, no sabía en realidad quién era el hombre que estaba allí, sentado al borde de su cama, y me creía aún preocupado por todo ese mundo que había dejado atrás, que había significado tanto para el muchacho que yo era antes pero que ya no me importaba. Era como si perteneciera a otra vida vivida por otra persona en otro tiempo.

No, no era aquello lo que me preocupaba. Eran los planes de Graham.

—¿Sabes que tu padre quiere volar la entrada? —pregunté.

—Eso no es posible.

—Claro que sí. Ayer me lo dijo, y me enseñó la dinamita que piensa usar.

Diane, atrapada entre su deseo de ayudarme y su incapacidad para traicionar a su padre, parecía a punto de desmoronarse. Hundió el rostro entre sus manos y comenzó a sollozar.

—¡Oh, Dios mío! ¿Por qué has tenido que mezclarte en todo esto?

De nuevo el insidioso misterio. El secreto. Aquella nube vaporosa que me rodeaba y me cegaba.

—¿A qué te refieres? ¿Qué quiere decir "todo esto"?

—No puedo decírtelo.

Debo reconocer que su tono distante me dolió. No podía pensar en ella más que como mi amiga y mi compañera, pero según podéis ver, constantemente escapaba de mí. Al parecer su secreto era más fuerte que sus sentimientos.

—Vaya... esperaba... creía... —murmuré, abatido.

Diane alzó el rostro, se pasó una mano por el pelo y me pareció que enjugaba furtivamente una lágrima.

—Es mejor que te vayas —declaró.

Ella había resuelto al fin su conflicto. No podía debatirse eternamente entre dos fidelidades y acababa de elegir.

Sentí como si toda la energía huyese de mí. Como si alguien me hubiera extraído la vitalidad con una jeringuilla enorme y me hubiera convertido en un cuerpo vacío, sin aliento ni alma.

—¿Sabes una cosa? Creía que me amabas —dije tristemente.

—¿Sabes tú una cosa? Tienes que aceptar a la gente como es. Yo no soy una princesa a la que salvar —respondió ella, con voz que me pareció de piedra.

Me sentí ridículo. Sabía que ella me amaba, o me había amado. Puede que a ráfagas, puede que en un único momento de locura. Pero yo lo había estropeado todo.

—Bien, en ese caso creo que estoy de sobra —comenté débilmente.

Diane no contestó. Su mirada se quedó reposando impasible en la claridad de la ventana mientras yo salía.

Al hacerlo, tenía la sensación de estar dando la espalda a mi futuro, a mi felicidad, a mi vida. Pensé fugazmente en Rosa, en lo que durante aquellos años había sentido por ella, y supe que no se parecía a mi amor por Diane porque éste era como un sentimiento de otro mundo, algo así como si al salvarme la vida allá, en la cueva, la dulce hija del anticuario hubiese tomado posesión de ella, de modo que ya no me pertenecía. Diane era su dueña.

Entonces recordé también mi despedida de Rosa, y las últimas palabras que ella me dijo.

—Antes de irme dime una cosa —comenté.

Ella me miró y permaneció muda e inmóvil, como una estatua de mármol.

—¿Cuál crees que es la edad de los sueños?

Diane pareció desconcertada.

—No lo sé —respondió—. No creo que los sueños tengan edad.

Me la quedé mirando un último momento, parecía lejana e indiferente. Ella había respondido como yo esperaba para confirmar mi dramático temor de que efectivamente me había enamorado de la persona adecuada.

oOOoo

Caminé bajo la sombra y el viento hacia las luces titilantes que no eran estrellas que muestran el camino, sino bombillas sucias que iluminan la vida gris. Pasé una noche turbia pensando en mis errores y fracasos, y por la mañana recogí mi equipaje y pagué la cuenta.

—Le deseo un buen viaje —dijo amigablemente el recepcionista.

—Gracias —murmuré con desgana.

—Antes de irse, tengo una curiosidad —añadió.

Me quedé mirándolo, bastante sorprendido.

—¿Me podría enseñar su Isis? —preguntó, con algo de timidez.

Reconozco que al principio me costó un poco reaccionar, pero cuando al fin entendí lo que quería decidí darle el capricho. Os puedo asegurar que me sentía insignificante, un completo fracasado, y el hecho de que alguien se fijara en mí, aunque fuera a través de mi Isis, me hacía sentir alivio.

Dejé la estatuilla con cuidado sobre el mostrador. El recepcionista la examinó con gestos poco expertos pero con curiosidad.

—No parece nada de particular —comentó, tras lo que pareció un considerable esfuerzo.

Se me escapó una media sonrisa triste.

—Confiaba en que me diera suerte, pero no ha sido así —confesé, aún sabiendo que eso a él se le daba un ardite.

—¿Seguro que la puso mirando al sol naciente? En la dirección correcta, quiero decir.

Estas palabras me hicieron reconocer de pronto que mi Isis no era más que una ilusión de muchacho, el amuleto que creía que había de ayudarme a conquistar el mundo. Ahora que había descubierto cómo funcionan las cosas en realidad, ya no significaba nada.

—No es ella quien ha fallado, sino yo —declaré, con una amargura que habría preferido mantener oculta.

Entonces el recepcionista bajó los ojos y apartó la mirada, como si repentinamente sintiera vergüenza.

—No... —murmuró de modo casi inaudible— He sido yo.

Como podéis imaginar, no sabía a qué venía aquello y, la verdad, no agradecía la aparición de más y más misterios y sugerencias veladas. Lo único que quería era marcharme pronto y olvidar más pronto aún.

—¿Qué quiere decir? —pregunté, por pura amabilidad, convencido de que se iba a confesar culpable de no haberme cambiado las toallas con la frecuencia reglamentaria.

—Le di la llave de su habitación a esos señores —respondió, aún sin atreverse a mirarme.

—¿Qué seño...?

—Uno grueso, con una barriga de bebedor cerveza, y el otro con el pelo rubio y...

—¿Bizco...?

—Justo —respondió, alzando por fin una mirada vivaracha, como un perrito ansioso por reconciliarse con su amo.

—¿Y por qué ha hecho una cosa así?

El conserje se encogió de hombros.

—Fue ella, la inglesa. La hija del cojo.

La inglesa... La hija del cojo... Mi amiga, mi amante, mi madre, mi diosa... Y también mi demonio, como si fuera un atisbo de otro mundo, un mundo que no conocía y que me atraía al mismo tiempo que me asustaba.

Os prometo que en aquel momento habría preferido que el hombre aquél se hubiera guardado su confesión. Así habría conservado para siempre un dulce recuerdo de Diane. Pero ahora que ya estaba abierta la puerta del infierno, había que descender a él.

—¿Qué pasa con ella? —pregunté, disponiéndome a escuchar lo peor.

—Ella me pidió que diera facilidades a esos hombres.

Ya veis... Nunca sabría por qué había sucedido todo, por qué ella había actuado de esa extraña manera. Me marcharía y pasaría el resto de mi vida preguntándome por qué Diane me había traicionado. Ahora sí que me lo habían quitado todo, hasta lo último que me quedaba, aquella certeza por lo visto candorosa de que Diane era dulce y buena, y me amaba.

—¿Por qué, en nombre de Dios? —me oí decir, como si mis pensamientos tuvieran voz propia y exigieran por su cuenta una explicación.

—Ni idea —repuso el conserje— ¿No ve que esa familia son gente rara? Cualquiera sabe.

Me quedé con esa última y resignada idea. Cualquiera sabe. Y me encogí de hombros, preguntándome si alguna vez sería capaz de olvidar.

—Bueno, ahora ya no importa —murmuré de modo casi inaudible.

Recogí mi bolsa de viaje y me di la vuelta, resuelto a decir adiós a todo aquello cuanto antes mejor. Ansiaba volver a un mundo donde los amigos fueran claramente distinguibles de los enemigos, por muy gris, doméstico, vulgar y rutinario que esto resultara.

—Señor, olvida su Isis —oí a mi espalda.

Me di la vuelta y miré unos instantes al hombre de ojos vivaces. Me había engañado, me había traicionado. Por su culpa mis enemigos tenían el croquis y yo ya no podía hacer nada. Pero posiblemente era mejor así, no podía continuar siempre sin saber en quién confiar. Y, sorprendentemente, no le guardaba rencor. Solo era un hombre sencillo de pueblo que había hecho lo que le había pedido la inglesa. Yo habría hecho lo mismo si a cambio ella me hubiera regalado una sonrisa y una mirada amigable.

—Quédesela. Ella ya no puede hacer nada por mí —dije, mirando por última vez a mi estatuilla.

Recordé a Palazón y su gesto de triunfo, allá en el taller cerámica. Entonces toqué la figura con un dedo y la tumbé, tal como había hecho él.

—Jaque mate.

ooOoo

Escuchaba el canto monótono de las dichosas chicharras mientras apretaba en mi mano el billete de tren. Era mi pasaporte para un merecido regreso a la normalidad, lejos de aquel extremo del mundo, anónimo, secreto y turbio, donde parecían haberse refugiado todos esos sentimientos violentos de los que yo había recibido una dosis casi mortal: el rencor, el miedo, la intriga, la falsedad, la traición. En un momento me alejaría de todo ello y podría recuperar una normalidad quizá mezquina, pero al menos respirable.

Claro que me iría desgarrado, herido y desconcertado ante la abrumadora incomprensión de todas y cada una de las cosas que me habían sucedido: ¿Quién me había enviado el sobre anónimo con el plano y por qué? ¿Cuál era el secreto que Diane se negaba a contarme? ¿Por qué había dibujado ella un plano falso? Y, sobre todo ¿Por qué me había traicionado, por qué había fingido sentir algo por mí, por qué había estado colaborando en secreto con aquellos dos matones?

Sí, cada una de aquellas preguntas se me clavaba como un cuchillo en el corazón. Confiaba en que durase poco, en que un día pudiera levantarme por la mañana sin formularme con inquietud y amargura cada una de aquellas preguntas, en que algún día todo me fuera indiferente.

Claro, ardía en deseos de correr a la tienda de antigüedades, agarrar a Diane por los hombros y arrancarle a gritos una explicación generosa y detallada. Pero no me sentía con fuerzas. Además, a aquella hora ella ya habría tenido tiempo de comprar el dichoso bote de grasa y podría ser que en plena orgía de dimes y diretes apareciera Graham en plan de verdugo profesional, empuñando aquellas dos armas relucientes, perfectamente engrasadas y totalmente cargadas de munición.

¿Recordáis lo que contaba al principio? Ésta es una historia sobre las decisiones y sus consecuencias. Yo había elegido ser audaz y las consecuencias estaban a la vista. Me encontraba en aquel apeadero, en el fin del mundo, sujetando mi maleta con una mano crispada y arrastrándome como si pesara treinta kilos más. Era el peso de la frustración y el abatimiento que llevaba conmigo. Y aunque las consecuencias estuvieran tan a la vista, aún me resistía a creer que mi error consistiera en no ser como Palazón y que el único camino correcto radicara en permanecer como él mucho tiempo a la sombra, empeñado en recopilaciones de artículos y aburridos repertorios de bibliografía. Pero si había efectivamente otro camino, yo no había sido capaz de encontrarlo, así que ahora era como un vagabundo con los pasos perdidos, desconcertado y sobre todo desolado.

Muy al fondo, divisé el foco de luz del tren que se aproximaba y pensé que por fin ésa sí era una estrella que claramente marcaba el camino. Me acerqué al borde del andén.

Pero entonces, para mi gran sorpresa, escuché que alguien pronunciaba mi nombre.

Me volví y allí estaba ella, sonriéndome, fresca y espléndida, más bella de lo que os podéis imaginar. No sé si alguna vez habréis vivido esta situación: uno tiene un fuerte deseo, el de que la persona que ama aparezca allí, a su lado... que venga, que entre por la puerta, que llame al teléfono, que de alguna manera aparezca. Y de pronto sucede. Cuando pasa eso es imposible no creer que existe la magia, ya no se puede seguir pensando en la vida como en un paquete ceniciento de situaciones sin sentido.

—Diane... —su nombre escapó de mis labios como si tuviera vida propia, como si mi boca hubiera ansiado por largo tiempo pronunciarlo, como si fuera un alma viva, llena de chispa, como un pájaro encarcelado que consigue escapar, como el conjuro que podía cambiar mi mala suerte, rasgar el velo del negro secreto, conducirme por caminos seguros hasta los viejos huesos de Gerion y abrirme paso hacia el corazón de aquella amiga, madre, amante y diosa.

Su imagen, erguida en medio del andén, era como la imagen de lo fuerte e inmortal, lo mismo que aquella angustiosa noche, cuando la vi a la entrada de la cueva. Frente a ella yo no era nada, y supe que en ese momento habría hecho cualquier cosa que me hubiera pedido.

—¿Te marchas? —preguntó, alzando su voz sobre el rumor del tren.

Aún no sabía por qué estaba allí, ni qué quería de mí. Seguramente había venido para prolongar un poco más la despedida. Y mi agonía.

—Sí. Tengo que volver a la Universidad para hablar delante de un tribunal —respondí, procurando imprimir a mis palabras una entonación neutra e indiferente.

—¿Y qué vas a decir?

Me encogí de hombros, pero no dejé de mirarla, porque estaba tratando de grabar su rostro en mi memoria para que esa imagen me acompañara en los largos días que me aguardaban en la joyería de mi tío.

—Que he fracasado —respondí.

Ella se retiró el pelo de la cara y pareció que la luz de sus ojos se oscurecía.

—Lo siento —murmuró en voz baja.

Pretendía aparentar duro y frío, pero entonces, con Diane allí, delante de mí, hablándome como si todo fuera aún posible, me dio un ataque de blandura.

—Bueno, al menos te he conocido —mencioné.

El tren llegó al apeadero y se detuvo. Al parecer ella solo quería decirme que lo sentía mucho, que era una pena que yo fuera un fracasado y que podía marcharme tranquilo sabiendo lo mucho que lo lamentaba todo. Así que me limité a cargar de nuevo mi maleta y poner un pie en el estribo del tren.

—¡Espera! —gritó, y el corazón me dio un vuelco en el pecho.

Me volví para escuchar lo que tenía que decirme. Y resulta que ella pronunció las palabras precisas. Las palabras más dulces que una mujer puede decirle a un hombre.

—No te vayas.

Me importaba realmente un bledo por qué me dijo eso, ni a cambio de qué. Lo único que sabía es que ella había usado el conjuro preciso, porque solo aquéllas eran las palabras que yo quería escuchar. Ya no me importaba que me engañara, ni que me traicionara. Podía ordenarme, manipularme o arruinar mi vida si así lo quería.

Bajé del estribo y dejé de nuevo la maleta en el suelo, sintiéndome como un juguete, como un muñeco, pero feliz y conforme. Sentía esa mano que manipula los hilos, ese soplo de aire que te empuja no importa a qué destino. Y no me importaba.

—Lo haremos juntos —añadió ella, y la sonrisa que brotó de sus labios, aunque insegura, fue auténtica.

Escuché cómo el tren se marchaba. Volví a escuchar el canto desolador de las cigarras. Entonces, súbitamente, bajé de las estrellas. Y es que en realidad no sabía qué era lo que ella pretendía de mí, lo único que parecía claro era que me gobernaba a placer. Los malos recuerdos y los sentimientos de recelo acudieron en tropel. Recordé cómo la había visto en la playa, hablando con mis enemigos, y cómo el recepcionista me había revelado sus malas artes, así que decidí entablar una débil resistencia.

—¿Qué es esto? ¿Un nuevo engaño? —protesté.

—¿Qué quieres decir? —preguntó ella, aparentando inocencia.

—Lo que querría es un poco de sinceridad. Algo que suene a verdadero, por una vez. Sé que me has estado engañando, me lo dijo el recepcionista.

—¡Te lo ha contado...! —comentó ella, en tono casual, pero no parecía ni arrepentida ni culpable.

—Pues sí ¿Por qué me has hecho esto? —pregunté, seguro de que la cuestión era comprometida y difícil.

Pero estaba equivocado. Ella parecía tenerlo todo claro y resuelto. O había preparado un guión antes de salir de casa, o era sincera.

—Para protegerte —contestó con seguridad.

—Bonita manera de protegerme.

—No te das cuenta de que en esta historia no eres más que un juguete.

—Por lo visto sí.

—Una marioneta. Manipulado desde el principio.

Sí... lo sabía, o lo imaginaba... Ese turbio pensamiento había bordeado mi mente. Pero me había negado a reconocerlo conscientemente. Y sobre todo me desagradaba que fueran otros quienes me lo hicieran ver, aunque fuera la propia Diane.

—Pues no lo entiendo —mentí.

Ella guardó silencio, buscó en algún lugar de sí misma una sonrisa y proclamó:

—Ésta es tu oportunidad.

No, mi recelo no cedía, sino que crecía... ¿No podía ser todo aquello una conjura con fines inimaginables? ¿Estarían los furtivos agazapados en las cercanías para propinarme una última paliza bajo la atenta supervisión de la Señora de la Intriga? ¿Qué querrían ahora mis enemigos? ¿Mi dibujo de adormideras?

Aún me resistí un poco más.

—¿De qué? ¿De perder el tren? ¿De que te sigas burlando de mí? —protesté.

—No —dijo ella enérgicamente—, de escapar a ese papel de pelele que te asignaron desde el principio. De entrar en la tumba.

—Ya. Y para eso tengo que confiar en ti ¿verdad?

Ella asintió. Continuaba algo insegura en sus gestos, como si estuviera a punto de dar un paso comprometido, como si seguir adelante significara traicionar a alguien o dejar perder algo valioso. La pregunta era a quién: a su padre... o a mí.

—Pues mira, no me fío. —continué— Pero de todos modos es inútil... No sé cómo entrar.

—Pero yo sí.

Al escuchar estas palabras me quedé de piedra, y no supe si cubrirla de insultos refinados o de besos de agradecimiento. Ella lo sabía, conocía el camino, lo había conocido todo el tiempo... Y había callado. Me había dejado fríamente divagar y sufrir.

De pronto, en un movimiento compulsivo, sacó del bolso mi estatuilla de Isis y me la entregó.

—¿Vienes? —preguntó, con la más radiante de sus sonrisas, y yo sentí que la habría seguido al infierno.

oooOooo

VII
LA CRIPTA

Diane puso la llave en el contacto y me miró. Hasta ese momento no había vuelto a despegar los labios, pero entonces, como si estuviera a punto de franquear una frontera prohibida, preguntó:

—¿Estás preparado?

—Claro.

—Bien.

Entonces arrancó con un tremendo acelerón y la furgoneta avanzó a toda velocidad por la pista de polvo. Sonaba como un manojo de cascabeles caducados y parecía que era cuestión de momentos que los últimos tornillos saliesen despedidos y se desarmase del todo, quedando reducida a un montón de chapa corroída en mitad del camino.

—Eh ¿Qué pasa? —protesté, chillando a pleno pulmón.

—No hay tiempo que perder —contestó ella, la mar de resolutiva, los ojos fijos en el camino, el pie hundido en el acelerador con una intensidad suicida.

—¿Por qué?

—¡Agárrate! —berreó como una salvaje, al mismo tiempo que esquivaba un socavón con un volantazo que casi nos hace volcar.

—¿Pero qué pasa? —chillé, receloso ante la perspectiva totalmente realista de tener aquella cosa como caja fúnebre.

—¡Los espejos! —gritó ella, como si eso fuera una respuesta.

Me la quedé mirando interrogativamente mientras trataba de averiguar a qué diantres se refería, aunque con el rabillo del ojo no dejaba de observar la pista de tierra, por el gusto de saber en qué curva iba a dejar la vida, o quizá solo los dientes.

Entonces Diane entreabrió la mochila que reposaba a su lado, donde guardaba nada menos que los doce espejos antiguos que había visto en su casa.

Los miré y con toda seguridad debí poner cara de tonto, porque no entendía nada, aunque por la expresión de entusiasmo de Diane se supone que todo me debía haber resultado evidente y además estupendo. No sabía si es que me había vuelto imbécil de repente o si la demencia de Graham era genética y transmisible.

—¿Qué les pasa a los espejos? —pregunté bobaliconamente.

—Mi padre no los compró en el mercado.

—Me lo imaginaba.

—Los encontró en la cueva.

Aquello me hizo saltar en el asiento.

—¿Cómo en la cueva? ¿Es que entró en la cámara funeraria?

—No —aclaró ella—, estaban incrustados en las paredes de la galería.

—Entonces las marcas que encontré no eran de pinturas rupestres arrancadas —comenté, expresando en voz alta mis propios pensamientos y constatando que como investigador era una birria.

—Son las marcas de los espejos —admitió ella.

Pero no entendía la relación con la cámara funeraria.

—Bueno, ¿Y cómo crees que vamos a entrar? —pregunté.

—Esta mañana fui a buscarte al hotel. Hablé con el recepcionista... —dijo Diane— Me contó que te fuiste... Y habló de tu Isis.

—¿Qué pasa con ella?

—Me contó que solías ponerla de cara al sol naciente.

Permanecí indeciso unos instantes, por si hubiera en todo aquello algo evidente en lo que yo no hubiera reparado. La verdad era que no entendía qué relación podía tener mi Isis con la entrada de la cueva. Y allí me teníais: convertido en la carga de un misil de hierro mohoso disparado a toda velocidad por un camino rural y sin saber por qué ni para qué.

—¿Y eso qué tiene que ver con la tumba? —me atreví a mencionar.

—Una vez, cuando era pequeña, me perdí en la cueva. Recuerdo que mientras vagaba por las galerías, de pronto se hizo la luz.

Sí, sí... Se hizo la luz, eso es lo que dijo. Miré a mi adorada Diane con sincera aprensión, como si se propusiera fundar una secta de tontos dispuestos a creer en todo, incluso en una misteriosa fuerza capaz de que en las cuevas de pronto se haga de día.

—¿Qué es esto? —pregunté— ¿Una historia de extraterrestres?

Ella ignoró mi ironía y continuó, como presa de una extraña fiebre.

—...Y entonces llegué a ver una inscripción en el fondo de un pequeño túnel.

—Diane... —insistí— En las cuevas no se hace la luz así como así, salvo que estén acondicionadas como discoteca.

Pero ella no me hizo el menor caso.

—Después de aquello busqué de nuevo la inscripción, pero ya no pude encontrarla. Y hoy tu Isis me ha hecho entender.

—¿El qué?

Diane me lanzó una mirada de triunfo.

—Que ese rincón no hay que buscarlo, sino dejarse llevar a él.

Confieso que me dieron ganas de bajarme de la furgoneta (con lo que solo habría conseguido desnucarme) y buscar en las páginas amarillas un equipo de psiquiatras que atendiera a Diane (trabajo inútil, pues los perturbados mentales se creen más sanos y listos que el resto de la gente), pero de momento me limité a utilizar la ironía:

—¿Dejarse llevar? ¿De qué se trata? ¿De un transporte público subterráneo? ¿Hay parada de metro en la cueva? ¿O estás pensando en una especie de experiencia mística?

Ella cerró violentamente su mochila, ocultando los espejos.

—¿Confías en mí o no? —preguntó.

Menuda pregunta. A aquellas alturas aquello había pasado a ser una cuestión de segundo orden, porque mi relación con Diane se había transformado en algo casi religioso. Ya no importaba si confiaba o no, sino poder permanecer junto a ella, cerca de sus dulces ojos verdes. Quizá nos dieran una celda común en el manicomio.

Así que no contesté a aquella pregunta que ya no tenía sentido. Me limité a acurrucarme en mi asiento y mirar el camino con ojos horrorizados, confiando en llegar con vida al final del trayecto. Y allí, en mi silencio, me di cuenta de que efectivamente yo mismo me acababa de transformar en un tonto dispuesto a creer en cualquier cosa.

ooOoo

No mucho tiempo después, estábamos en el interior de la cueva, caminando a la luz de las linternas que ella había traído. Yo había llevado conmigo mi cuerda de perlón y unos cuantos clavos y mosquetones por si me hacían falta, aparte del último rollo de mi consabido e imprescindible sedal de nylon.

Diane se dirigió pronto, sin una palabra, a la primera de las señales en las paredes, sacó un tubo de silicona y pegó allí uno de los espejos. Entonces me miró eufórica, como si lo que acababa de hacer tuviera un mérito inconmensurable.

—¿Lo entiendes ahora?

No, no entendía nada... ¿Lo entendéis vosotros? ¿A que no? Es un alivio, porque la seguridad de Diane me estaba acomplejando y solo conducía a dos posibilidades: o ella estaba tan chalada como temía o yo era tan tonto perdido como me estaba pareciendo.

—Espera... ya verás.

Avanzó unos metros hasta encontrar la siguiente señal en la roca, y ahí pegó otro espejo. Después consultó su reloj, cosa que ya la había visto hacer momentos antes.

—¿Por qué te preocupa tanto la hora? —pregunté, sin desechar la posibilidad de que hubiera concertado una cita con los furtivos para hacerme papilla sin dejar rastro.

—Espera —repitió, mientras miraba a la entrada de la cueva.

—¿Esperar qué...? —pregunté con impaciencia.

Ni siquiera me miró. Estaba inmóvil, pendiente de un punto de la entrada, y yo cada vez estaba más convencido de que de un momento a otro vería venir por allí la masiva silueta del armario andante seguido de su amigo bizco, los dos echando espuma por la boca y armados con enormes porras.

—Mira —dijo por fin.

Lo que vi no fue una pareja de asesinos, sino algo muy distinto. Un rayo de sol se reflejaba en los espejos, pasando silenciosa y diría que majestuosamente de uno a otro. Reconozco que me quedé sin habla. Nunca habría imaginado algo semejante.

—La finalidad de los espejos es hacer llegar la luz hasta un lugar concreto de la cueva —Proclamó Diane, radiante— Por eso me acordé de ellos cuando me enteré de que ponías tu Isis mirando al sol.

—¿Qué lugar? —quise saber.

—El que vi cuando me perdí aquí. Ven.

Decidida y valiente, como si fuera la poseedora de un conocimiento secreto, se internó en la oscuridad. De pronto se había transformado y parecía una bruja cuyo hogar fueran las sombras. La seguí gozosamente, algo así como Dante al alma de Beatriz a través de las vaporosas comarcas del otro mundo, los dos tras los tenues rayos de luz que rebotaban de espejo en espejo.

Todos éstos habían sido ya colocados, y el último rayo apuntaba hacia una pared aparentemente plana, lejos del derrumbamiento al que me había conducido Graham. Y allí estaba, certeramente iluminada: una inscripción en la roca. La examiné con cuidado, era una vez más griego clásico. Podía leerla, y pronuncié en voz alta:

"Inclínate ante tu señor Gerion, dios pastor, que está en lo alto. Solo así podrás ver la dorada luz dentro de su lecho."

Había encontrado la tumba. Los rayos de sol que tan sutilmente conducían hasta aquella pared, aquella inscripción que con tal claridad aludía a la cámara funeraria... Todo sugería que por fin estábamos en el umbral de la última morada de mi deseado rey Gerion. Y sin embargo allí no había nada: ninguna entrada, por pequeña que fuere, ni la más mínima grieta.

—¿Tienes idea de lo que significa...? —pregunté.

—Ninguna —admitió Diane, impotente.

Ya no parecía la princesa del reino de las sombras. Estaba confundida, lo mismo que yo. Pero la prefería así: no como diosa, ni bruja, sino como camarada en el entusiasmo y también en las dudas.

Entonces me fijé en que, bajo la inscripción, la roca presentaba unas hendiduras peculiares.

—Mira estos huecos —apunté—. No parecen casuales.

Permanecí observándolos un buen rato. Parecían guardar un orden, como una especie de código, pero ¿cómo descifrarlo? Y sobre todo... me recordaba algo... algo que no era capaz de identificar... ¿Qué era? ¿Qué había visto yo recientemente con huecos en un orden inexplicable?

—La tapa del pebetero... —se me escapó en voz alta.

Me volví a Diane como una centella.

—Tu padre tampoco lo consiguió en un mercadillo ¿verdad?

—Cuando vinimos a vivir aquí, compró la tienda de antigüedades a un hombre que se jubilaba. Esa pieza estaba en la tienda.

—¿De dónde había salido?

—Aquel hombre nos contó que lo había recibido de su padre, que lo había encontrado en un escondrijo de la cueva en los tiempos de la guerra civil, cuando iba a esconder unas armas.

—¿Por eso tu padre comenzó a explorarla?

—Sí, pero solo pudo llegar hasta el derrumbamiento.

—Entonces...

—¿Qué...?

—Esa pieza de pebetero pertenece a la cueva.

—Claro. De hecho, no tiene nada que ver con un pebetero.

—Y con esta inscripción. Tenemos que recuperarlo pero...

—¿Pero qué?

—¿Cómo podemos hacerlo? A estas alturas tu padre habrá notado que faltan los espejos y andará por ahí, con esas pistolas, buscándonos... Ojalá lo hubieras traído contigo.

Aún en la oscuridad, observé cómo a sus ojos se asomaba un destello y noté cómo su rostro volvió a adquirir por unos momentos aquella expresión de sabiduría antigua. Entonces introdujo la mano en su mochila y fue como un pase de prestidigitador, pero lo que sacó fue mucho mejor que un conejo blanco. Era la misteriosa pieza lo que sostenía en sus manos.

—Mi padre me matará —fue la frase con la que acompañó el milagro.

Al mirarla con aquel objeto en la mano, supe que por fin había formulado la elección que tanto le dolía. Y que debía amarme mucho para faltar a la fidelidad a su padre.

Tomé la pieza y estudié alternativamente sus huecos y los de la inscripción de la pared.

—Vamos, vamos, Fernando, seguro que esto significa algo —me animé a mí mismo, guiado por un instinto que creía certero, a punto de recibir la inspiración.

Y de pronto se me ocurrió una idea. Apliqué la pieza a los agujeros de la pared, y entonces comprobé algo curioso: Tres agujeros cuadrados coincidían con las iniciales de las tres palabras "Gerion dios pastor". Al mismo tiempo, un agujero triangular de la pieza coincidía con uno de los huecos en la roca. Y uno de los agujeros circulares de la pieza con otro hueco en la roca.

—Vaya...

—¿Qué pasa?

De pronto acababa de comprender.

—Mira... Es en realidad un mapa. Nos señala el camino a través del sistema de galerías.

—¿Cómo?

—Aquí... —señalé— Seguimos por donde dice la flecha. Aquí hay dos agujeros en la roca sin correspondencia con agujeros en el pebetero, pero luego, éste tercero coincide. Hemos de tomar la tercera galería. Y aquí de nuevo hay un agujero que no coincide y otro que coincide. La segunda galería... ¿No lo ves?

—El camino conduce hasta la granada —observó Diane.

Miré la pieza y comprobé que era así.

—Hasta la adormidera, el símbolo del sueño —añadí.

—El durmiente...

—El rey Gerion —completé triunfalmente.

—Todo muy tierno.

La frase había sonado a nuestra espalda. Era aquella voz inconfundible y terrible, que resonaba hueca, como la de la muerte.

Nos volvimos al mismo tiempo. Allí, inmóvil, salido de la tiniebla, como un demonio sonriente, estaba Graham.

—Diane... Sal inmediatamente —ordenó, con voz seca y cortante como un cuchillo.

Ella perdió el color, adoptó la expresión de un zombie y seguidamente obedeció.

—Diane... —la llamé, consciente de que con ella perdía mi seguridad allá abajo, en aquel lugar donde ya había acertado a ver el rostro de la Parca.

Pero ella no contestó. Y eso no fue lo peor: a continuación el bruto de Graham sacó uno de aquellos revólveres suyos, gordos como sandías, y me encañonó. De nuevo, y de una forma muy vívida, me convencí de que iba a morir, y esta vez ni siquiera tenía tiempo de recitar mi lista de tapas calientes.

—Le dije que se marchara —tronó Graham, sin dejar de apuntarme ferozmente con aquella cosa.

Bien, me lo tenía merecido. Pude haber tomado aquel tren, pero lo dejé marchar. Y ahora estaba de nuevo en el oscuro fondo de aquel agujero, como si el destino tuviera tal fuerza que yo no pudiera morir al aire libre, de indigestión, o de insolación, o atragantado por un hueso de pollo, o arrollado por un autobús de línea, sino precisa y necesariamente en el fondo negro de aquella dichosa cueva.

Solo por alargar mi vida unos pocos minutos, probé a discutir con el que debía haber sido mi suegro pero se empeñaba en ser mi verdugo.

—¿Por qué hace eso? —protesté— No he roto el trato.

—Yo creo que sí —respondió Graham, de lo más tranquilo y con una luz de fanatismo en los ojos.

Pensé que aquel tipo había equivocado su profesión: habría disfrutado trabajando en un matadero. De hecho, me vino repentinamente a la mente la imagen de Graham desplumando un pollo que colgaba por las patas de un gancho, lo cual, por una asociación de ideas más bien penosa, me condujo a mi autoexamen de unos días antes: "Fernando ¿Qué eres, un hombre o una gallina?" Como veis, por fin todo parecía encajar.

—Solo tendría que marcharme si no conseguía entrar en la tumba —añadí, tratando de disimular el hecho evidente de que no solo había desobedecido con descaro la orden de deportación, sino también la prohibición de acercarme a Diane y además los dos habíamos atentado contra la propiedad privada sisándole los doce espejos y sustrayendo la falsa tapa de pebetero. Dadas las circunstancias, me alegré de que Graham, aunque tuviese dos pistolas, solo pudiera matarme una vez.

—Y ahora cree que puede hacerlo ¿verdad?

—Así es —proclamé, y me sorprendió que en lugar de en un lloriqueo, la voz me saliera clara y potente.

Creo que mi convencimiento pareció tan sólido que contagió al propio Graham hasta el punto de que su avaricia superó a su ansia por acabar conmigo.

—Bien, entonces la cosa es simple —dijo—. Seremos aliados hasta que usted abra la tumba. Si es así, tendrá suerte. En caso contrario, se quedará para siempre haciendo compañía a su rey Gerion y me proporcionará además una coartada perfecta.

—¿Qué quiere decir?

Entonces Graham giró la linterna e iluminó tras de sí un largo trozo de mecha que había venido extendiendo por el piso de la cueva. Después me mostró unos cartuchos de dinamita.

—Si usted no puede abrir la tumba lo haré yo, a mí manera. Yo me llevaré las riquezas del rey Gerion y todo lo que encontrará la policía serán fragmentos dispersos del cuerpo de un joven arqueólogo que no supo tener paciencia.... digamos que quiso hacer trampa y se le fue la mano con el explosivo.

—No está usted bien de la cabeza —declaré, en forma creo que totalmente innecesaria, incluso arriesgada

Eso no le gustó. De hecho, puso una cara muy fea.

—Puedo matarlo ahora mismo. No tengo por qué aguantar sus impertinencias. Diga ¿acepta el trato?

—No veo otra alternativa —respondí, dirigiendo una mirada atribulada a la dinamita.

—No la tiene —respondió Graham, satisfecho—. Su única esperanza de vivir es que su plan tenga éxito.

Asentí como un cordero disciplinado y me dispuse a iniciar el camino, pero el vozarrón de Graham me detuvo.

—Espere, no tan rápido.

Lo que hizo entonces Graham fue realmente desconcertante. Sacó el segundo revólver e, inesperadamente, me lo entregó. Lo tomé como si estuviera impregnado de veneno.

—¿Una pistola...? —pregunté, mientras sostenía aquella cosa por el cañón como si fuera un calcetín tieso.

—Un revólver, ignorante.

—¿Para qué?

—Los aliados se protegen unos a otros ¿verdad?

Absurda consideración. Me habría aliado antes con un consorcio formado por Adolf Hitler, Genkis Khan y Jack el Destripador.

—¿Proteger? ¿De quién?

Graham deslizó a su espalda una mirada furtiva.

—¿Es que no ve que ellos quieren lo mismo que nosotros? —observó.

Por algún motivo, aquella mención me produjo un escalofrío de terror. Graham era un loco peligroso empeñado en acabar conmigo, pero tenía una cara y una figura. La mención de un enemigo indeterminado, la posibilidad de que alguien sin rostro definido estuviera agazapado en las sombras, aquella mirada amedrentada hacia atrás del propio Graham, todo ello sugería un peligro mucho más incierto y mucho más espantoso.

—¿Quiénes son "ellos"? —pregunté.

—Los que le quitaron su croquis. Son enemigos suyos y también míos. Y son peligrosos.

—Sí, pero...

—Deje de hacer preguntas y haga su trabajo.

Graham ya se había puesto en marcha, pero yo aún debía hacer algo. Me volví y apliqué de nuevo la tapa del quemaperfumes a los huecos de la pared. Entonces tomé unas anotaciones sobre la propia pieza.

—¿Qué hace ahora?

—Estoy copiando los túneles sin correspondencia. Así sabremos los que no debemos tomar y no nos perderemos ¿le parece bien? —respondí con aire de superioridad.

Graham hizo una mueca de impaciencia.

—Dese prisa.

En seguida cogí la mochila vacía que había dejado Diane y comencé a caminar, con la pieza de cerámica como guía, más y más en la entraña de la tierra.

Al cabo de un rato distinguí algo en el suelo. Me incliné y tomé en mis manos unos fragmentos de cerámica.

—¿Ha visto esto? Parece muy interesante. Creo que es neolítico.

Pero Graham ya no estaba allí. Ni siquiera se había detenido. Podía verlo delante de mí como un glóbulo de luz que no dejaba de moverse.

—Venga, no se retrase —escuché su voz, túnel adelante.

Tardamos una hora en llegar al último punto indicado por el mapa, allí donde supuestamente debía encontrarse la tumba. Se trataba de una gran sala con el techo en forma de chimenea, un circo de piedra donde no se podía distinguir más que las altas paredes como murallas infranqueables. Un perfecto y decepcionante fondo de saco.

—¿Qué pasa? —protestó Graham— ¿por qué se detiene?

—Hemos llegado al final —respondí, mientras iluminaba los alrededores con mi linterna, suponiendo que en cualquier momento el rayo detectaría algo, algún signo, puede que una galería estrecha que sirviera de entrada a la cripta.

—¿El final? —maulló Graham— No me haga reír. Ese truco es muy...

—No hay salida —declaré solemnemente, sin permitirle acabar.

—¿Cómo que no?

Él tenía la pistola, pero yo sabía a dónde había que ir. En realidad era yo quien mandaba, y esto el viejo no lo llevaba bien. Recorrió, desesperado, los bordes rocosos de la sala solo para comprobar que, en efecto, la galería terminaba allí, que no había más, que habíamos llegado a un callejón sin salida donde no había un solo tesoro.

—¿Qué es esto? ¿Me está engañando? —gritó.

Ni me molesté en responder. En vez de eso, elevé la mirada hacia la chimenea. Buscaba a toda prisa una solución, porque sabía que si no la encontraba pronto Graham la pagaría conmigo y me dejaría frito allí mismo.

—¿Y si...? —se me escapó.

—¿Y si qué? —preguntó Graham, totalmente perdido.

—...Si la cripta estuviera ahí arriba.

Graham dirigió a lo alto el rayo de su linterna y consideró las posibilidades, aunque de la única manera en que podía hacerlo, es decir, poniendo a trabajar sus sesos de mosquito.

—¿Habla en serio? No se ve ninguna abertura —fue el resultado final de su atento análisis.

Pero yo era arqueólogo y no ladrón de sepulturas. Entre otras cosas, sabía pensar.

—Desde aquí no —respondí secamente, como quien esconde un secreto, dominando la situación y satisfecho de hacerlo.

—Bien —admitió Graham—, entonces suba.

Lo miré francamente. Allí estaba, resoplando y más tenso de lo que acostumbraba. El revólver en sus manos parecía pesarle en exceso. Al comprobar que pedía imposibles me di cuenta que había perdido los papeles.

—Ni hablar —repuse—, tendría que recoger mi equipo de escalada. Aquí solo llevo una cuerda y apenas dos o tres clavos para una emergencia.

Pero Graham no estaba para sutilezas ¿Qué era para él un clavo de más o de menos? Lo que quería no era una explicación, sino verme ascender por aquella pared. El hecho de que yo no fuera un pájaro (en este caso un murciélago) parecía tenerle sin cuidado, así que hizo lo único que sabía hacer, es decir, mostrarme el hueco oscuro del cañón de su arma.

—¡Suba, le digo!

—¿No sería mejor que regresara a por mi equipo y...?

Graham meneó amenazadoramente el objeto en cuestión.

—Oiga, deje de tomarme el pelo. Los juegos se han acabado. Coja su cuerda y sus dos o tres clavos y póngase ahí arriba.

¿Veis? No tenía alternativa. Examiné la pared: húmeda y resbaladiza, horriblemente vertical, aunque por suerte con algunas irregularidades a las que sujetarse. O al menos intentarlo. De hecho, prefería morir como arqueólogo en acción, de una solemne y respetable caída, que asesinado por un traficante maníaco.

—Está bien —admití, como si la cosa fuera fácil.

Intenté insuflarme una visión positiva de las cosas e inspeccioné atentamente las primeras irregularidades en busca de la parte más accesible. Y descubrí una posible vía.

—Solo puede treparse por aquí —dije, señalando un sector de la pared.

—Adelante —se limitó a ordenar Graham, como si estuviera al frente de un pelotón de asalto.

Palpé la pared con las manos. Estaba lo bastante húmeda para que los escaladores bisoños resbalasen por ella y se desnucasen.

Comencé a subir introduciendo pies y manos en los pequeños pliegues de la roca, palpando con cuidado y hasta el límite antes de cada nuevo impulso hacia arriba. Cuando había ascendido una docena de metros, me refugié en un diedro para tomar fuerzas. Casi no pensaba en la tumba, ni en Graham: solo me alegraba de no haber caído, cosa que estaba convencido de que era cuestión de tiempo.

Cuando hube recuperado el aliento, escruté los alrededores con mi linterna. Y entonces vi que en la pared opuesta, sobre un resalte en la roca, se abría una cavidad pequeña, de un metro veinte aproximadamente. Me fijé mejor: estaba tapiada con rocas. Y mi corazón comenzó a galopar. Era la entrada, tenía que serlo.

Mi instinto había sido certero: la inscripción del derrumbamiento no era más que un engaño destinado a que los ladrones de sepulturas de todas las épocas perdieran el tiempo y se amargaran tratando de penetrar en lo que no era más que un bloque sólido de roca impenetrable que además no ocultaba absolutamente nada. La entrada a la tumba estaba allí, cerca del techo de la gran sala, oculta por el saliente de roca a las miradas profanas.

—¿Qué es lo que ve? —chilló Graham.

—Aquí delante hay algo, es como una entrada. Está tapiada —contesté.

—Pues vaya allí.

Miré hacia abajo, donde la figura de Graham aparecía incierta, lanzando su rayo de luz nerviosamente hacia las alturas como una luciérnaga moribunda.

—No puedo —objeté—, no tengo alas.

—Entonces trepe por el otro lado —gritó Graham, que continuaba analizando la situación como lo habría hecho un gato de escayola. Una simple mirada me disuadió de ello.

—Imposible, esa parte de la pared está completamente lisa —respondí.

Graham dio entonces una nueva muestra de su ingenio e inventiva.

—Pues haga algo —ordenó.

Miré hacia abajo, preguntándome qué tendría que hacer para convencerlo de que el cuerpo humano tenía límites.

—¿Qué quiere que haga? —pregunté.

—Utilice su cuerda.

—¿Mi cuerda? ¿Cómo cree que...?

Pero el anticuario no era un polemista, sino un hombre de acción. Lo suyo era robar piezas arqueológicas y romper la vajilla. El lenguaje lo usaba solo para amenazar. Y no solo el lenguaje. De hecho, aburrido de tanta discusión, volvió a encañonarme.

—Inténtelo.

Escudriñé con mi linterna el resalte en la roca, situado a unos cuatro metros de mí, y descubrí allí el pequeño saliente de una estalagmita. La cosa no había cambiado mucho: iba a morir de todas formas. O de un porrazo o acribillado a tiros. Así que fui fiel a mi anterior elección y decidí darle el gusto a aquel perturbado: hice una coca con la cuerda y la lancé hacia la estalagmita, tratando de lacearla como si fuera una vaca. Naturalmente fallé. Fallé también las siguientes dieciocho veces y cada error vino acompañado de sonoras recriminaciones de Graham, que actuaba como esos aficionados al deporte que, repantingados ante la televisión, se quejan de que los jugadores corren poco.

Finalmente acerté. La estalagmita era mía. Di un tirón para asegurar la cuerda, y aguantó. A continuación fijé uno de los clavos en la roca junto a mí, en la superficie del diedro, y até a él el otro extremo de la cuerda. Después miré mi obra: parecía un destartalado tenderete de secar ropa, pero era el sustitutivo de mis alas. Y, en todo caso, mi único camino hacia la gloria. Sí, otro camino hacia la gloria que discurría sobre el vacío, como el día de mis cabras, que ya me parecía tan lejano.

Sujeté la linterna con la boca y comencé a deslizarme abrazado a la cuerda. Lentamente, muy lentamente, tratando de equilibrar el peso a ambos lados. Sabía que si me desequilibraba solo un poco, quedaría colgado como una ristra de morcillas y me agotaría en los intentos antes de recuperar la posición. Miraba mi estalagmita, larga y esbelta, no muy ancha en la base, donde la abrazaba mi cuerda de perlón. Era una incógnita si sería capaz de aguantar mi peso.

Lo conseguí. Al llegar a la otra orilla me abalancé sobre el saliente de roca como un náufrago que alcanza la tierra firme y estudié rápidamente la abertura. Desde allí Graham no podía verme.

—¿Qué ve? —escuché.

—Está tapiada.

—Empuje... rómpalo.

Probé a mover las piedras, y vi que no estaban firmes. Al instante cayeron hacia dentro unas cuantas, y después retiré las demás hasta dejar la entrada expedita. Entonces me dispuse e entrar, pero me detuve, recordando el texto de la inscripción, y pronuncié en voz alta.

"Inclínate ante tu señor..."

Obedecí la consigna y me incliné para pasar a través de la pequeña abertura. Lo hice lentamente, consciente de que en ese momento estaba pasando a la gloria.

Había soportado mucho peligro y muchas dudas, había sufrido muchas palizas y recibido muchos sustos, había llorado de miedo y de alegría antes de llegar allí. Era consciente de que al cruzar el umbral abandonaba mi vida anterior, de buscador sin suerte y entraba de lleno en el mundo de los sueños, de que dejaba atrás la vida profana para vivir una experiencia sagrada en el corazón del reino encantado.

Pero de momento lo que vi no fue la cripta, sino una especie de pasillo que acababa en unos escalones rústicamente tallados en la roca, al pie de otra nueva entrada. Entré en el pasillo, pero no había avanzado un paso cuando Graham comenzó a llamarme, vociferando como un energúmeno.

Me di la vuelta y me incliné bajo el dintel para preguntarle qué quería.

—Tenga cuidado —gritó.

Después de lo que había pasado para llegar hasta allí, la advertencia me pareció un chiste.

—¿Cuidado con qué?

—Puede haber trampas... O guardianes.

Sí, como lo oís. Graham estaba desvariando otra vez. No sabía a qué guardianes se estaba refiriendo. Quizá esperaba un guardia urbano extraviado, un guardia jurado o un guardia civil. Figúrate.

Le lancé unos gruñidos que ni yo mismo recuerdo y, cuando iba a volverme, ansioso por entrar en la tumba, distinguí a mis pies un fragmento de madera extrañamente bien conservado sobre el que se leía una inscripción en griego. La leí y vi que era realmente poco hospitalaria, y además nada sutil:

"El que cruce el umbral sea partido en
dos mitades por el guardián del lecho sagrado".

Me pareció una coincidencia realmente siniestra que Graham, en cierto sentido, hubiera acertado al hablar de un guardián, pero pensé que sus palabras habían sido solo eso, una coincidencia. Y, en todo caso, no había ningún guardián a la vista, así que no había motivo de preocupación.

Sonreí y troqué mi inquietud en optimismo. Las torpes amenazas de los sacerdotes de Gerion eran la confirmación de que estaba cerca.

Me volví, ansioso por entrar en la tumba... Y de pronto allí estaban, como salidos de la nada... Al menos una docena de horribles esqueletos en pie de guerra, flotando en el aire, blandiendo contra mí cimitarras, lanzas y hachas, y apuntándome con arcos.

Sí, podéis creerme. Comprendo que parezco un estúpido contando esto. Comprendo que no esperabais que en el curso de la aventura yo también me volviera majareta, como Diane y su padre, y comenzase a decir tonterías. Pero creedme: me encontraba perfectamente y no había bebido más que agua, por lo que no había motivo alguno para sufrir alucinaciones. Aquellas cosas estaban allí, delante de mí, y no tocaban el suelo. Y no solo eso: no habían estado un momento antes.

Cerré los ojos para comprobar si se marchaban pero cuando volví a abrirlos no se habían movido. Continuaban en el sitio, balanceándose ligeramente y apuntándome con toda clase de instrumentos de guerra. Y me asusté, podéis creerme. Estaba asustado y di instintivamente dos pasos hacia atrás, hasta darme un coscorrón con la pared. Entonces sucedió algo horrible: al mismo tiempo que el miedo me hacía flaquear las piernas y caía sentado, escuché un rumor sobre mi cabeza y al instante tenía, como salida de la nada, una calavera mirándome espantosamente cerca de mi nariz. Pero estaba invertida, como si el cuerpo le colgara por los pies. Y cuando retiré la mirada y la desvié hacia abajo, fue aún peor: Había un hacha clavada en el trozo de madera con la inscripción, justo entre mis piernas y a un centímetro de mi... De mi... Bueno, de mí.

Comprendí que era el esqueleto el que había descargado el golpe, pero distaba mucho de entender en qué forma. De momento me encontraba encajonado entre aquel manojo de huesos y el hacha, cuya hoja afilada aún podía dañar mi entrepierna si me movía con descuido. Cuando traté de incorporarme tropecé con algo y el esqueleto entero se deshizo en polvo y se me vino encima.

Bajo la paciente mirada de mis otros enemigos, aún tardé un momento en entender lo que había pasado: el esqueleto había sido dispuesto, con ayuda de unos troncos incrustados en la roca, a horcajadas sobre el vano de la entrada, con el hacha lista para golpear. Al darme el cabezazo, había activado algún tosco mecanismo que tenía como misión que aquellos brazos huesudos descargaran su golpe mortal.

Miré los restos polvorientos y los huesos dispersos: simplemente aquél era el guardián.

"El que cruce el umbral sea partido en
dos mitades por el guardián del lecho sagrado".

Me estremecí al comprender que al caerme del susto había escapado al golpe mortal. Sí, aquel era el guardián. Y los otros sus compinches.

Entonces miré con ojos nuevos a la brigadilla de esqueletos flotantes... Más que fantasmas, parecían maniquíes escapados de una ortopedia, simples monigotes cuyas armas probablemente se disparaban al activarse extraños mecanismos ideados por alguna mente calenturienta de la Edad del Bronce. Pero ¿estarían aún ajustados y engrasados sus mecanismos de ataque?

Tomé en mis manos el hacha que por poco me deja hecho un desgraciado. La sopesé y después describí con ella un molinete.

Zas... Una flecha pasó rozándome el cuello. Miré a mis enemigos, todos inmóviles, mudos y con cara de inocentes, como si quisieran ocultar al culpable. Como en el colegio, sí. Pero aquello no tenía sentido... Eran simples manojos de huesos caducados que llevaban miles de años patidifusos.

Entonces me fijé en los sedales casi invisibles que me rodeaban, una maraña dispersa de hilos finísimos que caían desde el techo, y que al principio me habían parecido telarañas.

La flecha se había disparado nada más mover el hacha... Seguramente con ella había cortado involuntariamente uno de aquellos sedales y de esta manera había puesto en marcha alguno de aquellos mecanismos.

Sí, ahora podía verlos, tenues, medio ocultos, pero abundantes. Los sedales que activaban los maniquíes. Me acerqué a uno de ellos y lo contemplé con interés. Y la curiosidad pudo más que la prudencia: lo corté y aguardé a ver qué pasaba.

Uno de los esqueletos guerreros comenzó a movilizar lenta y trabajosamente la espada que tenía alzada sobre los hombros. Los brazos giraron despacio hacia adelante, la espada se irguió sobre su cráneo, y entonces comenzó a caer por su propio peso, descargándose en el aire en un mandoble impresionante, pero inútil, porque yo me encontraba a varios metros.

Divertido. Me recordaba al tren de la bruja. Corté otro sedal, y uno de mis enemigos, provisto de un arco que apuntaba al frente (pero no a mí), lanzó su flecha, que sin embargo solo avanzó dos palmos, y fue a caer inofensivamente en el suelo, como el juguete desajustado de un niño.

Completamente excitado, me metí con un nuevo sedal para ver cómo otro de los esqueletos comenzaba a alzar amenazadoramente sobre su cabeza una pesada maza de guerra. Pero antes de que pudiera descargar el golpe, se le rompieron los brazos y la maza cayó sobre lo que quedaba de su dueño, machacándole el cráneo. Osteoporosis galopante, diagnostiqué.

Decidí que no podía seguir jugando, puesto que aquellos difuntos no solo eran mis enemigos, sino también patrimonio arqueológico que debía ser preservado incluso de sus propios instintos homicidas. Entonces, como el viajero en metro que se abre paso hasta la salida del vagón, pasé indiferente entre aquella muchedumbre huesuda. Subí los escalones, penetré en otra abertura, y por fin entré en la cripta.

Gerion no me decepcionó. Lo que vi ante mí fue un espectáculo más impresionante de lo que pueda imaginarse. Él estaba allí, esperándome. Había estado esperándome miles de años. Esperó a que yo naciera para ser el primer hombre en entrar en su sagrado lecho de muerte bañado de luz dorada.

Un esqueleto vestido con ropas raídas, sentado en un trono de piedra e iluminado por una fuente de claridad cenital procedente del exterior. Estaba cercado por una escolta de esqueletos en cuclillas, empuñando aún sus lanzas, espadas y mazas de combate. Alrededor, docenas de toros fundidos en oro rojizo, de medio metro aproximadamente de altura.

"Solo así podrás ver la dorada luz dentro de su lecho"...

Oh, Dios mío... Dios mío... Lo que tenía delante superaba con mucho mis expectativas. No solo era una tumba de impresionante importancia científica, sino también cuajada de riquezas. Toros de oro rojo, como Diane había dicho. Permanecí allí un buen rato, inmóvil y mudo ante el esplendor del rey pastor. No recordaba ya que fue un envío anónimo lo que me había puesto tras su pista, que los bandidos me seguían los pasos, ni que sobre Gerion planeaba una turbia trama de traficantes.

Entonces escuché de nuevo la machacona voz de Graham, como un graznido en la lejanía.

—¿Qué ha descubierto? ¡Dígamelo!

No contesté. Estaba ensimismado. No me atrevía a tocar nada, tampoco a hablar.

—Oiga, ¿me está escuchando?

Aunque me sentía como en un templo y me creía obligado a mostrar recogimiento ante aquella majestad, decidí contestar a Graham por miedo a que me lanzara un cartucho de dinamita encendido.

—La cámara funeraria... —respondí al fin.

—¿Puede ver los toros?

—Sí.

—Venga... Bájeme uno o dos.

A mi pesar, salí de la cámara y me asomé al exterior. Allí estaba Graham, como una triste pulga pegada al suelo, comiéndose los puños de curiosidad y lamentando un montón depender por completo del estudiante, como él me llamaba.

—Ni hablar, no puede tocarse nada —anuncié confiadamente, con aires autoritarios de director de excavación.

—¡Qué diablos está diciendo! —protestó.

Contesté como si en vez de estar en el fondo de la tierra y acosado por un maníaco armado hasta los dientes, me encontrara en el departamento de Arqueología, rodeado de inofensivos alumnos.

—Hay que hacer un estudio serio de todo esto. Primero fotografiarlo y catalogar cada una de las piezas, después levantar un plano...

—Asómese un poco mejor —fue la lacónica respuesta de Graham. De mala gana hice lo que me decía.

—Escuche, si no hace lo que le digo le aseguro que no volverá a ver el sol nunca más ¿ha entendido?

—Es que...

El muy cerril disparó al peñasco donde estaba atado el clavo del otro extremo de la cuerda. Pude ver cómo saltaban varias esquirlas.

—Oiga...

—¡Haga lo que le digo!

Ante tales argumentos, entré de nuevo en la cripta y elegí al azar uno cualquiera de los toros. Lo examiné con cuidado: observé que tenía una inscripción en letras griegas sobre el lomo: ganado de Gerion, el rey de tres cuerpos en uno.

Lo recogí, y lo guardé en la mochila. Después me demoré cuanto pude, contemplando cada detalle de la última morada de aquel rey que había entrado en el mito. Debía bajar de nuevo hasta donde estaba Graham y no sabía cuándo volvería a tener ante mis ojos aquel espectáculo, así que necesitaba saciarme de él.

Entonces abandoné la cripta y me preparé para cruzar de nuevo al otro lado. La cosa no tenía buen pronóstico, porque el tonto de Graham había dejado hecha polvo la roca donde estaba el clavo en el que había afianzado la cuerda. Era imposible saber si iba aguantar, pero como no tenía otra vía de escape no perdí el tiempo imaginando lo que podía pasar si una de las fijaciones se rompía, sino que comencé a deslizarme lentamente, muy abrazado a la cuerda, como si fuera una novia anoréxica.

Cuando me encontraba en pleno romance escuché ruido de guijarros: eran esquirlas de roca desprendidas de la pared de enfrente. Alcé la vista justo para gozar de un vislumbre de mis peores temores, es decir la roca alrededor del clavo agrietándose primero, y a continuación desmoronándose.

La roca se abrió y el clavo salió despedido. La cuerda quedó suelta de un extremo e inmediatamente describió un arco, y yo con ella, hasta que me di un trastazo con la pared.

No pensé en el dolor, tan solo en aferrarme fuertemente a la cuerda. Sabía que un instante de desfallecimiento era la muerte. Podía escuchar, como en un lejano sueño, la voz quisquillosa de Graham, que me llamaba imbécil y se quejaba del peligro innecesario que todas aquellas piruetas representaban para su toro.

Abrí los ojos y miré hacia abajo: aún bastante altura como para partirme la crisma. Entonces sopesé mis fuerzas, y comencé a descender con cautela por la cuerda. Pero, lamentablemente, ésta última no llegaba al suelo, sino hasta una altura de unos cuatro metros. No tenía más remedio que saltar.

—Espere, espere, deme la mochila —chilló Graham, que había adivinado mis intenciones.

El toro pesaba lo suyo, y si hubiera saltado con él habría multiplicado la fuerza del tortazo. Saltar con toro o sin él podía incluso marcar la diferencia entre vivir y morir. Me deshice de buena gana de la mochila echándosela a Graham, que la recogió al vuelo con la misma avidez que un perro habría capturado un solomillo en el aire. A continuación me solté. No caí bien sobre el piso irregular y me dañé un tobillo, pero Graham ni me miró. Solo tenía ojos para su nuevo juguete.

Me había salvado, sí, pero apenas me había dado cuenta, y tampoco había sido perfectamente consciente de los peligros que acababa de afrontar allá arriba.

—Creo que los restos son de algo más de dos mil años antes de Cristo —declaré con justificado entusiasmo científico, aún caído en tierra.

—¿Qué dice? —preguntó Graham, mirándome de soslayo mientras sobeteaba el toro.

—Seremos famosos, esto es el mayor hallazgo de...

Entonces Graham se giró hacia mí. Su rostro calvo y flaco era como el de un buitre leonado hambriento a punto de echar la primera dentellada a una vaca muerta.

—Usted no será famoso —advirtió, muy serio.

—Oh vamos ¿por qué dice eso? —protesté, mientras me incorporaba, creyendo ingenuamente que el éxito le habría hecho olvidar todos sus odios y manías.

Pero estaba equivocado. Graham fue clarísimo.

—Porque va a morir.

Cuando volví a mirar, todo lo que vi fue la negrura del cañón de su revólver. Ya tenía su tumba y su oro. Acababa de dar sentido a los largos años que llevaba merodeando por la cueva. La vida, con mi ayuda, acababa de darle la razón. Ahora había dejado de necesitarme y al parecer la cosa iba en serio, y mi muerte a balazos, varias veces pospuesta, era inminente.

—Oiga, Graham, espere. Creo que... —parloteé mientras me levantaba, sin saber claramente qué decir.

—Por fin ha cumplido su sueño. Ha encontrado a Gerion. Aunque yo creo que es Gerion el que le ha encontrado a usted —ironizó el anticuario.

Y, sin esperar a más, me disparó. Pero entonces sucedió algo extraño: del susto me habían vuelto a flaquear las piernas y me había dejado caer involuntariamente. Fue el mismo momento en el que Graham apretó el gatillo, de forma que la bala me pasó rozando un hombro. Él barrió la oscuridad con su linterna mientras yo huía de la luz gateando tras unas rocas.

Por puro instinto, saqué el revólver que él me había entregado. Pero cuando me vi empuñando aquel pedazo de hierro me sentí raro.

—Es usted un imbécil —berreó Graham, mirando a la oscuridad— ¿qué creyó, que se las gastaba con un aldeano? No, yo vine aquí hace quince años en busca de estos tesoros. Me pertenecen.

—¿Usted es arqueólogo, entonces? —grité desde mi escondite.

Disparó a bulto a la voz y me anduvo cerca. Demasiado tarde me di cuenta de que no había iniciado el diálogo por afición a la tertulia, sino para localizarme en la penumbra.

—¡Arqueólogo...! Qué tontería. Soy militar... ¡Un mercenario! No me enteré de esto por casualidad. Me enviaron. Trabajaba para la mejor organización de tráfico de antigüedades y por culpa del accidente perdí mi trabajo. Ahora el tesoro es mío ¡Me lo he ganado! Ya que iba a morir, prefería satisfacer antes mi curiosidad y ser por lo menos un muerto ilustrado.

—Espere... ¿quién le pagaba?

Por respuesta más disparos. Y un desafío.

—Vamos, usa el arma si eres valiente...

Graham debió verme sujetando el revólver como si fuera una tarrina de mantequilla. Miré al gatillo con tanto respeto que me pareció una cosa viva, incluso con su propio humor.

—¡Eres un cobarde! —gritó Graham, histérico.

Consideré sus palabras mirando con cuidado mi dedo, como paralítico sobre el gatillo, y decidí que tenía razón.

—Diga para quien trabajaba —repetí, en lugar de disparar.

De pronto, a espaldas de Graham se escuchó un ruido, una especie de chasquido. Fue fugaz, pero claro. Se volvió, no sé si con tiempo para ver una silueta furtiva que se agazapaba terroríficamente cerca.

—¿Diane...? —lanzó Graham, pero en su voz había terror.

No hubo respuesta. Pude ver cómo Graham se ponía tenso. Tenso y asustado... Tanto que decidió desentenderse de mí y huyó en la oscuridad. Es curioso, todo fue muy rápido, pero desde ese momento supe que el viejo anticuario estaba perdido. Había algo de trágico en la forma en que se fundió con las sombras mientras arrastraba su pierna enferma y se aferraba a su tesoro.

Al poco tiempo escuché un grito ahogado. Debería haber permanecido bajo la protección de la penumbra hecho un ovillo, pero aún pasmado como estaba, encendí mi linterna y corrí en aquella dirección.

Lo encontré agonizando en un charco de sangre. La mochila con el toro había desaparecido.

Me incliné sobre él, pero ya no podía hacer nada. Aquel enemigo sin rostro que tanto espanto podía llegar a causar, había convertido en realidad los terrores de Graham.

—Han sido ellos. Han estado todo el tiempo detrás de mis tesoros —murmuró febrilmente.

—¿Por eso hizo el plano falso? —pregunté.

—Pues claro. Era mi venganza. Treinta años trabajando para esos bastardos. Por poco pierdo la vida en el desfiladero. Desde entonces ando con muletas, pero eso fue suficiente para que me echaran.

Graham no hablaba como un moribundo, aunque se estaba muriendo. Pensé que se debía a su mal carácter, que le infundía nuevas energías.

—El plano conducía directamente al desfiladero ¿verdad?

El anticuario asintió.

—Lástima que usted se interpusiera.

Entonces pensé que quizá mis intereses y los de aquel hombre lleno de odio podían encontrar una coincidencia. Ambos teníamos que ajustar cuentas con ellos.

—¿Dónde puedo encontrarlos? Dígamelo... Haga algo bueno por una vez... Antes de morir.

La voz de Graham era ahora débil como la luz de una vela batida por el viento. Pero hizo aquel último esfuerzo que le pedía.

ooOoo

Ante mí apareció por fin la boca de la cueva, pero Diane no estaba allí, esperándome, como la otra vez.

La llamé, pero no hubo respuesta. De pronto temí que le hubieran hecho algo grave y me puse a ascender rápidamente la pendiente penumbrosa que ascendía hasta la boca.

Súbitamente el armario con patas salió de las sombras y apareció ante mí con una sonora risotada. Una risotada de hombre primitivo y medio tarado, igual a aquélla del barranco de las cabras. Durante una fracción de segundo me miró con sus ojos fieros y creo que un poco divertidos, pero el momento no duró más porque no tardé casi nada en largarle una patada. Fue un acto tan ciego que ni siquiera sé dónde le di, pero debí hacerle daño porque se dobló momentáneamente. Aproveché la ocasión para empujarlo y hacerlo caer rodando por la pendiente.

Creo que lo que acabó con él fue la sorpresa. Normalmente ese tío me habría triturado, pero él creía que yo aún era un pálido estudiante universitario, poco más que un Palazón cualquiera. Seguramente pensaba que solo con su aparición iba a dejarme paralizado de terror como una mosca indefensa ante una enorme araña, pero yo era un nuevo Fernando. Nada que ver con moscas fascinadas ni con gallinas asustadas.

Corrí hasta la salida, entre otras cosas por si acaso el barbudo se recuperaba. No había necesidad de probar demasiadas veces seguidas mi nueva personalidad aguerrida.

Salí a la luz del sol y allí, junto a unos peñascos, atada y amordazada, vi a Diane. Me llevé una gran alegría al verla viva.

Le quité la mordaza, la liberé de las ataduras.

—Ven, vamos —dijo ella, nada más verse libre.

—¿A dónde? —pregunté, temiendo un nuevo periplo suicida en la cafetera vieja.

—La cueva tiene otra salida. Puede que quieran escapar por ella.

Volamos por la ladera y llegamos ante una pequeña grieta al tiempo que el bizco salía por ella.

Animado por mi triunfal patada a su socio, recordé que aún llevaba conmigo el arma que me había entregado Graham. La levanté y grité:

—¡Quieto ahí!

Me encantó ver cómo el malvado tipo se detenía, lanzando una mirada de aprensión a la enorme cosa que yo sostenía en mis manos.

—¿Qué piensas hacer, mocoso? —se burló, dándose cuenta en seguida de que el revólver y yo no armonizábamos.

Ajá..., quería intimidarme, pero yo no estaba dispuesto.

—¡Destriparte si te mueves! —grité, y añadí, señalando a la mochila:— ¡Dame eso!

—¡Cógelo tú! —me desafió, mirando con una sonrisa felina tres metros por encima de mi hombro y un poco a la derecha, al menos con uno de sus ojos.

—Debe estar en un museo —añadí, innecesariamente, desesperado por convencerlo, y así no tener que disparar.

Pero mi comentario no solo no lo convenció, sino que además le produjo un ataque de risa.

—Tú eres idiota ¿sabes lo que vale esto? —se burló, y me pareció que el respeto que le había producido mi revólver se disipaba.

—¡Dámelo te digo! —insistí.

—¿Y si no qué harás?

Era una buena pregunta. Se daba cuenta de que yo no tenía valor para dispararle a quemarropa. Probablemente se me notaba en la cara que nunca había usado uno de aquellos trozos de hierro. En aquel momento tenía la sensación de que el bizco sabía lo que yo estaba pensando, como si lo llevara escrito en la cara.

Tenía que hacer algo, puede que un disparo al aire estuviera bien.

—Diane ¿cómo se usa esto?

Ella me miró espantada.

—Dios mío, no lo sé.

—Yo te enseñaré —chilló el bizco.

Y, diciéndolo, se abalanzó sobre mí. Antes de que pudiera darme cuenta de lo que pasaba, me había quitado el revólver y me estaba encañonando.

—Se acabó el juego, nene —dijo muy contento. Su mirada estrábica vagaba por las nubes, pero, curiosamente, el revólver no. Me apuntaba directo entre las cejas.

Acepté la situación y me convencí de que por fin, después de tantas falsas alarmas, había llegado el fin.

—¿Quién ha organizado todo esto? —quise saber antes de morir.

—Eres un imbécil —rió él—. Desde el día del desfiladero hemos hecho contigo lo que hemos querido ¿A que no se notó que era una trampa?

Confieso que no tenía ni idea de lo que me estaba hablando. Mucha acción, mucha patada... Pero por lo visto aún no había aprendido a pensar. Al menos a pensar como los bandidos.

—No lo entiendo ¿para qué?

Al furtivo se le escapó una sonrisa de condescendencia.

—Mi jefe no se fiaba de él. Graham el resentido, lo llamábamos. Nos mandó un plano, pero él sospechaba que podía ser una trampa. Y tenía razón, porque ese desgraciado lo había hecho para que nos perdiéramos ahí dentro.

Me quedé mudo, lamentando carecer ya de tiempo para elaborar conclusiones.

—Tú eras el conejillo de Indias y ya habías cumplido tu misión de limpiar el terreno y despejar las dudas. Y ahora, adiós a los dos.

Después de enterarme de lo tonto que había sido, iba a despedirme por fin de este mundo. Solo tenía tiempo para apretarme contra Diane para recibir juntos la ingrata muerte. Así lo hicimos: nos abrazamos y cerramos los ojos. Y en ese último momento de mi vida de pronto se me acabaron los remilgos y confesé a Diane que la quería, que siempre la había querido. Confiaba en que la inminencia de la muerte me librara del ridículo.

El bizco pronunció una frase despreciativa y, puede que asqueado por mi confesión de amor, disparó. Pero del arma no salió ninguna bala. En vez de eso, simplemente explotó, y el bandido cayó muerto.

—¿Qué ha pasado? —preguntó Diane.

¿Qué había pasado? En un instante lo había entendido. Todo claro.

—Ya sé... Por eso insistía en que le disparase —murmuré.

—¿Qué...?

—Tu padre preparó esa arma para mí. Era una trampa.

Poseído por una súbita debilidad, me senté en una piedra y permanecí allí unos momentos, con el rostro inexpresivo, impresionado al comprobar hasta qué extremo alcanzaba la maldad de Graham y cómo la muerte me había estado rozando cada vez que había acariciado, indeciso, el gatillo.

—¿Dónde está él? —preguntó Diane con una duda, más bien un presentimiento, en el rostro.

No contesté. No habría podido hacerlo. Pero ella me ayudó.

—¿Está...?

Bajé los ojos y de pronto me sorprendí sintiendo pena por Graham. Curiosamente, no la había sentido ni siquiera mientras agonizaba en mis brazos, pero creo que se me abrió el corazón después de estar yo mismo a las puertas de la muerte, y sobre todo al contemplar el sufrimiento de Diane.

—Lo siento. Lo siento mucho —dije.

Repentinamente Diane se dirigió hacia el desfiladero y permaneció inmóvil, asomada al borde. La luz de la tarde arrancaba de su pelo suelto al viento un reflejo púrpura y a su alrededor danzaban las gaviotas como en una ópera salvaje. Parecía una princesa del mar contemplando sus dominios.

Por un momento pensé que iba a lanzarse al vacío y corrí tras ella, pero entonces me habló serena y tristemente.

—Trataba de imaginarme cómo puede ser la vida sin él.

Miró el mar cárdeno donde se reflejaba el incipiente crepúsculo; se dejó envolver por la danza de las aves marinas, que parecían girar en torno a su figura como si fuera una estrella polar caída en tierra; aspiró por última vez el aliento del mundo que había conocido, y todo aquello era una despedida. Creemos que las cosas son para siempre, pero no es cierto: son caducas y efímeras. Creemos que somos eternos, pero tampoco es cierto: morimos y renacemos muchas veces. Mi ser antiguo acababa de morir en la cripta del rey Gerion, y yo era otro hombre que acababa de iniciar una nueva vida. El antiguo ser de Diane acababa de morir al borde del acantilado, ante el sublime paisaje de su niñez. Se había liberado de su carcelero, aquel hombre que la había arrastrado a vivir en esta tierra de sueños y magia y la había mantenido, como el gigante de los cuentos, prisionera de su propia fascinación. Ahora tendría que aprender a elegir su propio camino, su aventura, su sueño.

—Eres libre —susurré a su oído con toda la dulzura de que era capaz.

Pero no acerté. No era el momento.

—¿Libre para qué? —preguntó ella, sin asomo de alegría, la mirada anclada en los pálidos hombros de las olas.

—Para salir de aquí —respondí.

No contestó, y me di cuenta de que tendría que dejar que su dolor se curase lentamente y entonces averiguar qué es lo que quería. Y yo, respetando su recogimiento, me alejé y, mientras el lento crepúsculo crecía, la contemplé sin atreverme a despegar los labios para no interrumpir su diálogo secreto con el mar, las nubes y los pájaros.

ooOoo

VIII
LA CASA

El edificio, un chalé lujoso, se levantaba torvo y oscuro, como una mole negra contra el crepúsculo.

Avanzamos agazapándonos en los arbustos, por la parte de atrás para no llamar la atención.

—Espera aquí —pedí a Diane.

—¿Por qué?

—No sé qué es lo que voy a encontrar ahí dentro. Si no vuelvo en media hora, llama a la policía.

La dejé en la penumbra sin esperar respuesta y me introduje en el edificio por una ventana, lo que ya se estaba convirtiendo en costumbre. La sala estaba a rebosar de antigüedades de todas las épocas.

Oía voces, pero no podía identificar de dónde venían. Avancé cautelosamente hasta el salón, que estaba bien iluminado, y descubrí en él a un hombre sentado en un sillón, de espaldas a mí y fumando un puro. Fue una impresión muy fuerte, porque conocía bien aquellas manos y sabía quién tenía una invencible afición a los puros. Era la última persona que esperaba encontrar al mando de la organización mafiosa. Levanté el viejo revólver de Graham y dirigí el cañón hacia la butaca.

—Se acabó el juego —declaré ostentosamente.

D. Juan Roca, mi catedrático, mi profesor, mi maestro, mi modelo, la persona en quien confiaba, se volvió y me miró con ojos de insondable sorpresa.

La impresión fue tan grande que de repente me quedé sin fuerzas. Apenas podía sostener el arma.

—Usted... —exclamé, expresando toda la decepción del mundo.

—Fernando. Qué susto me ha dado —dijo D. Juan Roca, con un tono campechano que parecía fuera de lugar.

Su reacción me sorprendió. Creo que tendría que calificarla algo así como festiva. No parecía un maleante pillado en plena faena, sino el mismo D. Juan Roca sabio y sarcástico de siempre.

—Usted, precisamente usted, con lo que yo confiaba... —empecé a lamentarme.

Pero él ni siquiera me prestó atención. Parecía seguir en su despacho de la Universidad, mandando y disponiendo como si nada hubiera cambiado.

—Creo que no le entiendo ¿Dígame, tiene intención de disparar esa pistola?

—Revólver —corregí.

—Me da igual... ¡Por favor, Fernando, quite eso de mi vista ahora mismo!

Allí pasaba algo raro. Había llegado dispuesto a darle un susto de muerte al culpable de tantas calamidades, pero el sorprendido era yo, y ya no sabía qué actitud debía tomar. A decir verdad, estaba bloqueado.

—Yo...yo —balbuceé torpemente, mientras bajaba el arma.

D. Juan Roca se quedó esperando algo un poco más concreto, pero mi elaborado discurso había concluido. Estaba en blanco.

—En fin, tan elocuente como siempre... —comentó jocosamente, mientras se encogía de hombros. Y añadió, divertido:— ¿Ha visto los puros que fumaba ese Higgins? Esto sí que son puros de verdad.

—¿Higgins? —repetí tontamente, y creo que me quedé con la boca abierta, como un lelo.

En esto hizo acto de presencia nada menos que el becario Palazón en su actitud preferida, es decir, trayendo una taza de café.

—Su café, señor... —entonces me vio y se quedó un poco traspuesto— Fernando ¿qué haces aquí? ¿Por qué traes esa pistola?

—Revól... —pero no pude acabar la palabra. Me quedé de una pieza al ver salir de una habitación lateral al profesor Higgins, esposado y escoltado por dos policías.

—Adiós profesor, gracias por todo —dijo uno de los agentes, dirigiéndose a D. Juan Roca.

—Gracias a ustedes —respondió éste último, mientras aspiraba el habano de Higgins con algo de retintín.

Cuando salieron los policías Palazón entregó su café e informó, muy solícito y orondo:

—Tengo listo el inventario, señor: Cuatrocientas ocho piezas, desde la Edad del Bronce a la época romana.

—Gracias, Palazón. Es usted muy eficiente —respondió el catedrático, aunque no quedó claro si se estaba refiriendo al inventario o al café.

—¿Tiene bastante azúcar? —insistió Palazón.

—Sí, gracias —respondió D. Juan, un poco harto. Entonces reparó de nuevo en mí— Fernando ¿quiere decirme qué ha estado haciendo? Es usted una vergüenza para la Universidad. Mírese, aparece aquí por las buenas, sin afeitar y con esa facha de... de pordiosero. Esto se está convirtiendo en una mala costumbre.

Era cierto, pero sus comentarios me eran indiferentes. La Universidad y yo teníamos ya poco que ver.

—Creo que eso ya no importa ¿verdad? He llegado tarde —observé amargamente.

—¿Se refiere al concurso de méritos? —respondió D. Juan Roca— Es usted tan despistado que ni siquiera se ha enterado de que el tribunal no pudo reunirse ayer.

Enorme sorpresa cuando ya lo daba todo por perdido. Puede que el destino hubiera querido darme una tregua.

—¿Por qué no? —pregunté.

D. Juan Roca chupó ostentosamente el puro.

—Evidentemente, porque uno de sus miembros había sido detenido por la policía —respondió con inocultable satisfacción.

—El profesor Higgins —proclamé.

—Exacto —confirmó D. Juan Roca—. Durante años apareció ante la comunidad científica como distinguido arqueólogo y azote de los furtivos, y en realidad era su jefe. No me negará que era una buena tapadera.

—¿Y cómo... cómo lo averiguó?

—Usted llamó a mi secretaria y preguntó por un fax que había enviado mientras yo estaba comiendo precisamente con Higgins. La secretaria habló con Palazón. Por lo visto su tono fue tan angustioso y pesado que el pobre buscó hasta en la papelera... Y allí lo encontró, hecho trizas. Entonces lo reconstruyó y me lo entregó. Es muy buen chico.

Esto me alivió, pues significaba que por fin D. Juan Roca estaba al tanto de mis transcendentales descubrimientos en Los lobos.

—Ah, entonces sabe... —comencé.

—Naturalmente, el planito me pareció una más de sus inadmisibles salidas de tono —completó el catedrático, que, al contrario de lo que yo esperaba, no me había tomado en serio ni de lejos—. Pero algo me llamó la atención. Durante la comida con Higgins, éste se mostró extrañamente inquieto por su famoso asunto de Gerion. Recordé que Higgins se había quedado un momento solo en mi despacho y sospeché que fue él quien rompió en pedazos el fax. Después de eso ya no podía quitarme de encima la sospecha ¿sabe?

—Eso significa que...

—Entre otras cosas, significa que el Sr. Palazón, al recuperar el fax y crear la pista que nos condujo a Higgins, ha unido a sus méritos académicos un excelente servicio a la sociedad. Usted, en cambio, desaparece sin avisar y se presenta en ese estado lamentable ¿puedo preguntarle qué hace aquí?

Me detuve un momento. Desde luego no era la escena que esperaba. Yo era la estrella, venía del infierno y había estado a punto de detener con mis propias manos al jefe de los malvados... Y de pronto me encontraba con que me estaban ridiculizando como al vecino mal vestido que aparece sin regalo de cumpleaños en una fiesta a la que no ha sido invitado.

—Es que yo también había averiguado que Higgins era... —empecé a decir.

—Fernando, eres increíble —interrumpió Palazón—. Te podías inventar cualquier mentira para...

—¿Ése es su único mérito? —intervino el catedrático— ¿pretender usurpar los del Sr. Palazón?

Usurpar los méritos de Palazón. Aquello era el colmo. Tenía que reconstruir los hechos y encontrar un hueco en la indignación de D. Juan Roca para explicarme, pero no parecía fácil.

—No señor —contesté muy serio.

D. Juan Roca puso cara de pocos amigos. Por lo visto le había aguado la fiesta: estaba francamente a gusto despachando los puros de Higgins y más aún viéndolo esposado y humillado. Y de pronto me presentaba yo... un tornillo suelto en la maquinaria que siempre traía a remolque la incertidumbre y la sorpresa. Y encima para reclamar méritos.

—¿Ah no? Diga. Le escucho.

Estaba componiendo mentalmente mi largo y prolijo discurso, cuando de pronto irrumpió Diane. Llevaba con ella la mochila con el toro dorado y miró al profesor con desafío.

—Ha encontrado la tumba de Gerion —declaró con tanta energía y convencimiento que parecía el jefe de ceremonias de la entrega de los premios Nobel.

—¿Cómo dice? —preguntó el catedrático, sobresaltado.

—Ha hecho el descubrimiento arqueológico más grande desde la localización de Troya —añadió Diane.

—¿Y esta señorita quién es? —preguntó Palazón, que se había puesto verde y parecía espantado por el extraño giro de los acontecimientos.

—Ha demostrado que Gerion existió en realidad —continuó ella, ignorando al gordito— Y por tanto también el personaje mítico conocido por el nombre de...

—¿Hércules? ¡Pruebas, Fernando, pruebas...! —intervino acaloradamente Don Juan, que podía distinguir claramente una investigación científica de un numerito de circo.

—Pero si le mandé unos grabados junto con el plano— declaré. Palazón miró para otro lado.

—¿Palazón...? —preguntó el catedrático, dirigiéndose directamente al interesado.

—No, en la papelera solo había... —titubeó.

Y entonces lo entendí: el borde de Palazón había roto directamente mi fax. Cuando la secretaria anunció que yo estaba reclamando el plano, se asustó, recogió los trocitos de la papelera y lo recompuso, atribuyéndose el falso mérito de salvador cuando en realidad lo que había hecho era puro sabotaje. Pero como yo no había mencionado a la secretaria los grabados —era el plano lo que necesitaba— éstos los había dejado en la papelera, y tampoco había dicho a nadie ni media palabra sobre su existencia.

—Pues sus grabados no han llegado a mi poder —concluyó el profesor, con un gesto severo—. Le ruego que se explique.

Pero Diane no me dio opción. Se adelantó y entregó al catedrático la mochila.

—Mire esto.

D. Juan Roca se quedó de una pieza al abrir la mochila y examinar su contenido. Sacó el toro con una expresión admirada fijando su atención en la inscripción en griego sobre el lomo.

—Ganado rojo del pastor que tenía tres cuerpos en uno.... Um... Muy interesante.

—Es una falsificación —protestó Palazón, a quien la digestión parecía habérsele detenido de pronto.

—¿Sí? —se burló D. Juan Roca— Pues parece oro puro ¿Qué darían por esta pieza los amigos del profesor Higgins? ¿Quizá un millón de dólares? Una plaza de miserable profesor universitario no vale tanto.

—La pieza es auténtica y estaba junto al cuerpo de Gerion —remaché.

—Hay muchas más... Es el tesoro que buscaba Higgins —concluyó Diane.

D. Juan Roca retiró por un momento —con gran trabajo— sus ojos del toro dorado, y me dirigió una mirada complacida.

—Fernando, esto mejora maravillosamente su curriculum.

—Espere un momento —intervino el gordito, haciendo aspavientos—, yo creo que...

—Cállese, Palazón —tronó el profesor. Y añadió, diría que con satisfacción:—. Y tráigale un café al Sr. Robles. Él y yo hemos de tener una larga conversación.

ooOoo

EPÍLOGO
EL PARANINFO

Corría y corría por el largo pasillo, cogido de la mano de Diane. Me detuve, tomé aire y abrí la puerta.

Paraninfo le llamaban a aquello, y estaba a rebosar. En una mesa sobre el entarimado aguardaba el tribunal, formado por tres catedráticos y un secretario. Uno de los catedráticos era el inefable D. Juan Roca. En una mesita frente a la del tribunal se sentaba Palazón. La otra estaba vacía. Era la que debía ocupar yo.

Entre el público, aparte de estudiantes, familiares y también numerosos periodistas, distinguí a Rosa y a sus padres.

—Lo siento... se me ha hecho tarde —murmuré, un poco amedrentado ante la colosal masa de pares de ojos que se había vuelto acusadoramente hacia mí.

—Siéntese, por favor, y procedamos —dijo D. Juan Roca—. Señores candidatos, les presento a los miembros del tribunal: el profesor Petinato, de la Universidad de Bolonia, el profesor O'Neill, de la Universidad de Oxford y... —se detuvo y se me quedó mirando— ¿Puedo preguntarle por qué pone esa cara?

—Bueno, es que no esperaba un nivel tan alto —respondí.

—Yo tampoco esperaba unos profesores tan ilustres —intervino Palazón, que por lo visto había creído que yo estaba haciendo la pelota y no estaba dispuesto a dejarse superar en su propia especialidad.

—Tienen razón —respondió el catedrático—. No creo que haya autoridades mayores en la Arqueología mundial que las que hoy nos hacen el honor de acompañarnos. Pero la ocasión lo merece. Y ahora señor Secretario, proceda por favor a leer el acta.

El secretario amagó un bostezo, removió unas cuartillas y obedeció, recitando con tono de grabación magnetofónica.

—Expediente núm. mil trescientos veinte. Reunido el tribunal nombrado al efecto para evaluar concurso de méritos a fin de cubrir una vacante de profesor titular en el departamento de Arqueología de esta Universidad, con dedicación exclusiva, del expediente resulta que se presentan dos candidatos, D. Julio López Palazón y D. Fernando Robles Cartagena, que aportaron en su día carpeta con curriculum y copias de trabajos y publicaciones. El tribunal, a la vista de las respectivas carpetas y teniendo en cuenta los baremos reglamentarios de valoración, ha acordado reconocer al candidato Sr. Palazón un total de 167 puntos. El Sr. Fernando no puntúa, porque el único trabajo aportado, el descubrimiento y estudio inicial de los restos de una tumba de la Edad del Bronce, supuestamente del rey Gerion, no ha sido objeto de publicación oficial. El tribunal, en consecuencia, otorga la plaza de profesor titular al candidato Sr. Palazón.

Palazón no pudo evitarlo: se le hincharon las mejillas, abrió mucho los ojos y se puso en pie, vitoreando y haciendo aspavientos más o menos como si algún delantero centro de su agrado acabara de meter de cabeza un gol histórico. Era su victoria, la consumación de todos aquellos propósitos y esfuerzos guiados por el rencor que me había referido en el taller de cerámica. Después se abrazó a Rosa y subió triunfalmente al entarimado para dar la mano efusiva y pegajosamente a cada uno de los miembros del tribunal.

Me quedé triste, muy triste. No entendía cómo la burocracia podía ser más importante que el esfuerzo, el trabajo y unos resultados brillantes. Diane se dio cuenta y se acercó a consolarme.

—Debo felicitar públicamente al Sr. Palazón —proclamó el catedrático, no dejando lugar a dudas sobre quién era el gran vencedor. Me consideré obligado a unirme a las felicitaciones, pero cuando me acerqué a la estrella del momento con la mano extendida, en lugar de estrecharla la agarró y me atrajo hacia sí para poder hablarme en susurros:

—A partir de ahora, si tienes que vender algún seguro, hazme un favor: no me llames. Rosa y yo estaremos muy ocupados. Y otra cosa... la hamburguesa me gusta muy hecha ¿vale? —se burló auténticamente a sus anchas.

Miré inconscientemente el saco de manteca que tenía por barriga y no dudé un instante no solo que la hamburguesa le gustara muy hecha, sino además doble. Pero no dije nada, eran simples conocimientos que debía ir atesorando para convertirme en un buen camarero.

Rosa me dedicó una mirada de triunfo. No había vuelto a verla desde que me dejó. La encontré un poco artificial, puede que demasiado maquillada, y nada bella. Sentí algo de consternación al ver que se me acercaba.

—Lo siento Fernando, pero ya te dije que no me gustan los perdedores —fue su escueto mensaje. Breve y a la yugular.

Desde las butacas, la propietaria de la óptica, parapetada tras muros de maquillaje, no me quitaba ojo mientras mantenía una media sonrisa burlona. Creo que le alegraba más mi fracaso que el éxito de su futuro yerno.

No respondí a Rosa porque me había rendido a la evidencia de que tenía razón. Curioso, ser un perdedor incluso en el éxito. Y reconocí también que Rosa y Palazón se merecían. Me pregunté fugazmente cómo pude haberla amado alguna vez.

Ya no quería prolongar más aquel momento de abatimiento y me disponía a abandonar la sala, cuando D. Juan Roca volvió a hablar.

—Fernando ¿a dónde va? Haga el favor de esperar a que termine el acto.

Me pareció horroroso tener que aguardar además una sesión de discursos y parabienes retóricos y agradecimientos babosos, pero qué iba hacer. Volví a sentarme, suspiré, me armé de paciencia y aguardé.

—Bien, la reunión oficial del tribunal ha terminado. A continuación daremos lectura al acta de una reunión del órgano de gobierno de la Universidad... No ponga esa cara, Sr. Palazón, lo va a entender en seguida. Sr. Secretario, cuando guste.

"Voy a bostezar", pensé, mientras el Secretario removía nuevamente sus cuartillas. Pero esta vez me pareció captar en él algo insólito, algo como una secreta sonrisa de complacencia, como si lo que se disponía a leer fuera muy divertido.

—Expediente núm. mil trescientos veintiuno. El órgano de gobierno de la Universidad, en su reunión extraordinaria de veinte de febrero pasado, con el siguiente orden del día: Descubrimiento de una tumba de la Edad del Bronce en la villa de Los lobos, previa deliberación y por unanimidad, ha adoptado los siguientes acuerdos: Primero.- Se han estudiado las evidencias científicas del hallazgo de una tumba de la Edad del Bronce en la localidad de Los lobos, resultando que queda comprobado, dentro de lo que la ciencia puede asegurar, que se trata de la tumba del rey que Apolodoro llama Gerion y que hasta ahora se creía que era un personaje literario. El tribunal, con varios informes favorables de instituciones científicas internacionales, opina que se trata del hallazgo arqueológico más importante desde la exhumación de la ciudad de Troya. Segundo.- Considerando que se trata de un mérito extraordinario, el tribunal acuerda otorgar al descubridor, el licenciado D. Fernando Robles Cartagena, hasta la fecha becario del departamento de Arqueología, el nombramiento de catedrático emérito de esta Facultad. Tercero.- Se crea el Instituto de Investigaciones Prehistóricas como organismo autónomo, cuya finalidad será la investigación de nuevos yacimientos. Cuarto.- Se nombra director del Instituto al catedrático emérito D. Fernando Robles.

Un silencio oceánico se apoderó de la sala. Miré a Palazón, que tenía cara de vómito. A los miembros del tribunal, inmóviles, con el rostro de piedra. Me giré y eché una ojeada al público. Vi que Diane me miraba con dulzura mientras asentía en silencio, como si fuera una bruja que con su simple voluntad hubiera transformado mi pesadilla en una gloria insospechada.

Me volví hacia el tribunal.

—Esto... esto... ¿No será una broma? —balbuceé.

—Nada de eso —respondió D. Juan Roca—, pero no crea que le hago ningún favor al hacerle catedrático de esta Universidad.

—Yo no lo veo así. Es... es demasiado —observé.

—No crea. Desde que su descubrimiento se hizo público le han llovido a usted las ofertas ¿sabe? No se ha enterado porque se volvió a meter inmediatamente en esa cueva suya para participar en la excavación de urgencia.

—¿Qué ofertas?

El catedrático hojeó como al descuido unos papeles.

—De las más prestigiosas Universidades del mundo. Harvard, Oxford, París, Heidelberg, Osaka. Fernando, he hecho esto para retenerle. Debo suplicarle que se quede aquí, con nosotros, y siga trabajando para nuestra pequeña Universidad.

Uno de los guiris, O'Neill, tomó el micro y dijo totalmente en serio:

—Sr. Fernando Robles, ya que no nos es posible contratarle como docente, sería un placer para la Universidad de Oxford contar con usted como profesor invitado para dictar un seminario el próximo verano.

—La Universidad de Bolonia —intervino Petinato— me encarga trasladarle que se honraría en nombrarle a usted doctor Honoris Causa.

—Una cosa más... —añadió D. Juan Roca—. He recibido una carta de los organizadores de la expedición a la gran pirámide. Por desgracia, el profesor Higgins no podrá dirigir los trabajos y piden que usted le sustituya.

Miré a mi viejo, leal y entrañable catedrático con ojos incrédulos.

—¿Cu-cu-cu-cuándo? —trastabillé.

—Empieza en quince días... ¿Y bien? ¿Acepa usted?

Ni siquiera pude contestar. Me encontraba como en trance. Pero D. Juan interpretó mi silencio como un sí. Entonces tomó la palabra y declaró:

—Querido amigo, la comunidad científica está en deuda con usted y reconoce su aportación a la ciencia. Ha demostrado usted que las leyendas pueden servir para la localización de yacimientos arqueológicos. Ha demostrado usted también que Gerion no fue un personaje de leyenda, sino alguien real, y por lo tanto debemos pensar lo mismo del propio Hércules. Puede que en el futuro usted encuentre también sus huesos y yo me enorgulleceré de que para entonces aún pertenezca a esta Universidad.

A continuación se puso en pie y comenzó a aplaudirme. Los demás miembros del tribunal hicieron lo mismo, y así el público. El catedrático hizo entonces una seña a Palazón para que se uniese a los aplausos y éste obedeció de malísima gana, al tiempo que Rosa abandonaba el salón, enfurecida. Su madre se buscaba en el ojo una mota de polvo inexistente. El óptico consorte fingía auxiliarla. Fui en busca de Diane, sorteando los asientos como si tuviese alas y me fundí a ella en un abrazo.

—¿Lo haremos juntos? —susurré.

—Juntos —respondió ella, mirándome intensamente con sus ojos verdes.

FIN